詩《し》の玉《たま》手《て》箱《ばこ》

詩の玉手箱●目次

4月

5月

6月

＊この詩集では、作者および著作権継承者のご了解をいただいて旧漢字を新漢字に、旧仮名づかいを新仮名づかいに改めました。また、一部漢字に振り仮名をつけました。

4月

木造の倉庫が黒ずんで見えるのは、雨が降ったからです。もうつめたくない雨。

何ひとつ手にもたないで外出しよう。いいものがあったら、すぐつかめるように。

春と赤ン坊

中原中也

菜の花畑で眠っているのは……
菜の花畑で吹かれているのは……
赤ン坊ではないでしょうか？

いいえ、空で鳴るのは、電線です電線です
ひねもす、空で鳴るのは、あれは電線です
菜の花畑に眠っているのは、赤ン坊ですけど

走ってゆくのは、自転車々々々

向うの道を、走ってゆくのは
薄桃色の、風を切って……

薄桃色の、風を切って
走ってゆくのは菜の花畑や空の白雲《しろくも》
——赤ン坊を畑に置いて

詩人というと、みなさんはどういう人を思い浮かべますか。神経のこまやかな、せの高い、色の白い、やせた美男子でしょうか。

幼いころ、ぼくはそんなイメージを浮かべていました。しかし、実際に出会うと、いろいろな人がいるのでした。美男子もいましたが、そうでない人もいました。ゴツクテ、こわい人も、色の黒い人も、いました。ひねくれた人も、素直な人もいました。

でもつきあっていくと、なぜかみんな詩人なんですよね。「春と赤ン坊」の作者中原中也《ちゅうや》（一九〇七～三七）は、中学落第、女性と同棲《どうせい》、という、反逆的な少年でした。二十六歳になって結婚。そして赤ちゃんの文也がやってきました。

長男である中也は大喜び。後継ぎができたのです。

　春まっさかりの菜の花畑。そのさなかに眠る赤ちゃん。強風で電線が鳴り続けようとも、自転車が走っていこうとも、いや、空の白雲や、肝心の、赤ちゃんのベッドである菜の花畑までもが走っていってしまっても、平気。まわりの時間の流れや物事の変化を超越《ちょうえつ》して赤ちゃんだけが、どん、とそこに存在しています。

　しかし、文也はまもなく亡くなり、悲しみに突き落とされた中也も、その後を追うようにして、三十の若さで亡くなりました。

海はまだ

大岡　信

海はまだ冷たいか
あ　風はまだ燃えていないか
けれど光はもう身軽な豹《ひょう》だし
雲の指は思い出の入江をかきわける

人間の内側で
春が肌をみがきはじめると
すこし遅れて
地球にまたも
緑色がかえってくる

冬の間クマのようにじっとしていたぼくも、暖かくなってくると、のそのそと外へ出るようになります。いや、ぼくだけではない。昔からの友達がわざわざ、鎌倉のぼくのところまで来てくれて、いっしょにお酒を飲んだりするようになると、ああ春だ、いよいよ今年もいろいろなことが動きだすぞ、と感じます。

大岡信《まこと》（一九三一〜）は、生命力あふれる詩を書きます。春は、なにもかもが、活発になり、敏感になり、生き生きとしてきます。光は〈身軽な豹〉になるし、雲も指のように動くことが出来るようになります。

そのときは人間の身体もじっとしていられません。〈内側で春が肌をみがきはじめる〉というのは、ぼくには春を迎え

た女性の肌のすばらしさを想起させます。厚着からときはなたれた女性たちの内側からあふれ出る美しさは、ひそかに春のやつが、みがいてくれたからだったのか。たしかにそうだ。

ぼくは大岡信の『春　少女に』という詩集をとても愛していますが、そのなかで、少女に向かって〈でも知っておきたまへ　春の齢《よわひ》の頂きにきみを押しあげる力こそ　氾濫《はんらん》する秋の川を動かして人の堤をうち砕く力なのだ〉と伝えています。力に対する詩人の深い視界を感じます。

笑いの歌

W・ブレイク
土居光知訳

みどりの森　喜びの声あげて笑い
えくぼする水　えみひろがって流れ
風　われらの　たわむれごとを笑い
みどりの岡　やまびこをかえすとき
きりぎりす　楽しいけしきのなかで　うたい

牧場はしたたるような　みどりのえまい
メアリとスザンとエミリ
かわいい　まるい口でうたう　ハッ　ハッ　ヒイ

羽《はね》美《うるわ》しい　いろ鳥《どり》は　木《こ》の間《ま》で笑い
木陰《こかげ》の　食卓にはさくらんぼやくるみ
さあ　おいで　みんな　いっしょに
楽しい合唱をしよう　ハッ　ハッ　ヒイ

ぼくが小学校の六年生になったのは、一九四七年のことでした。今のような教科書の検定制度は一九四九年からのことだから、当時のぼくは戦後の国定教科書を使っていたことになります。

しかし、戦時中の教科書のことを思うと、それは、だれがどうしてつくったものか、わかりませんが、信じられないような、今思い出しても心のおどる楽しい教科書でした。そこにこの詩も、掲載《けいさい》されていたのです。

まぶしいほどの世界。緑の森も、小川も、風も、山びこも、牧場も、そして、少女たち——メアリ、スザン、エミリもみんな笑っています。

何もかもが活気づく、緑したたる季節。無垢《むく》なるものの楽

園となった田園。なんという喜び。なんという明るさ。そのとき、この詩に作者の名前がなかったのでだれが作者なのかもわかりませんでしたが、少年のぼくは感動しました。今も輝いています。

作者ウィリアム・ブレイク（一七五七〜一八二七）は、イギリスの詩人で銅版画師でもありました。ぼくの高校時代の友人の伊藤聚《あつむ》は、ウィリアム・ブレイクが好きで、ぼくはかれの家でその詩と絵とみせてもらって、おどろきました。その豊かに奔出《ほんしゅつ》する想像力の力強くて同時に妖《あや》しい世界。詩も絵も、一度出会ったら忘れられません。

葱

辻　征夫

葱《ねぎ》坊主はじっこの奴あっち向き
（葱って動物だなって
とつぜんいうんですよ
みろよあのはじっこの奴
あいつは生きてるぜって——
そりゃあ葱だって

生きてるわよというと
ちがうあいつはいまむこうをむいたんだ
葱に顔をそむけられちゃあ
おしまいだなって肩をおとすの
ね
葱って
まだ野菜でしょ）

すき焼きはお好きでしょう。もちろん牛肉が主役だが、葱がおいしい。葱は冬。

暖かい季節になると、葱はそのうまみを失い、畑では、葱に花が咲きます。花は、袋のようなものに包まれているので葱坊主。それは生産者が次期のタネをとるためのものでしょう。花が咲いては、もう味は期待できない。

辻征夫《つじゆきお》（一九三九～二〇〇〇）は、浅草生まれの向島育ち。下町っこというのでしょうか。はじめて会ったのは、かれが出版社の編集者をやっていたとき、ぼくの詩集をつくってくれたからですが、そのときは、つつましい、静かな青年でした。でもそれは仮の姿。実は感情が熱く、同時に爽快《そうかい》な人物であることがだんだんわかりました。詩への志の強さも

感じさせる詩人ですが、洒脱《しゃだつ》でユーモラスでもありました。

いい詩たくさんあります。この詩は、その洒脱なほうの『俳諧《はいかい》辻詩集』（一九九六年）から。

いつも一行目が発句《ほっく》ではじまり、続く部分は付句のような役割で、全体が詩、という〈辻〉詩集。現代詩の粋《いき》な実験です。語り手も語られ手も主語なしですが、これは女と男。どうやら長いつきあいの二人のよう。〈ね　葱って　まだ野菜でしょ〉という結びのとぼけ具合、ぼくはゲラゲラ笑ってしまいました。葱坊主は春の季語。

5月

手紙が来ました。あかるい、みどりいろの封筒でした。そわそわしながらあけてみるとアカンベーをしている元気な、腹がけいっちょの男の子の写真がとびだしてきました。

母の声

堀口大学

母は四つの僕を残して世を去った。
若く美しい母だったそうです。

母よ、
僕は尋ねる、
耳の奥に残るあなたの声を、
あなたが世に在られた最後の日、
幼い僕を呼ばれたであろうその最後の声を。

三半規管よ、

耳の奥に住む巻貝よ、
母のいまわの、その声を返せ。

作家や詩人には、どういう人がなるか。もちろんいろいろなわけがあってでしょうが、ぼくには、まずその人の幼年期が気になります。その育ち方のなかに、理由を感じることがあるからです。

堀口大学（一八九二〜一九八一）は、数え年四歳で、母を失いました。父は外交官で、外国にいましたから、妹とともに祖母に育てられました。つまり、母親の愛を得られない幼年期でした。

この詩は、大人になった詩人が、なお母を恋う詩です。かれは自分を呼んでくれたであろう最後の母の声を、今なお我がものにしたいのです。

第二連がすごい。かれは、自分の耳の奥に在るその巻貝

（三半規管）の、巻いている終点まで追っかけていって、残されているはずの母親の声を返せといっているのです。そこまでねがうのか。ぼくは思わず鼻がツーンとくるのを覚えました。

堀口大学の詩は、ユーモラスで余裕があり、ときにはエロチシズムにあふれていて、粋です。ぼくはそういう堀口さんの詩が好きです。しかしなかにはこういう率直でせつない詩もあります。

風にのる智恵子

高村光太郎

狂った智恵子は口をきかない
ただ尾長や千鳥と相図《あいず》する
防風林の丘つづき
いちめんの松の花粉は黄いろく流れ
五月晴《さつきばれ》の風に九十九里の浜はけむる
智恵子の浴衣《ゆかた》が松にかくれ又あらわれ
白い砂には松露《しょうろ》がある
わたしは松露をひろいながら
ゆっくり智恵子のあとをおう

尾長や千鳥が智恵子の友だち
もう人間であることをやめた智恵子に
恐ろしくきれいな朝の天空は絶好の遊歩場
智恵子飛ぶ

結婚すると、二人はひとつの運命を生きることになります。しかし、それは永遠につづくわけではない。いつか別れがやってきます。

高村光太郎（一八八三〜一九五六）の場合は、妻智恵子の心の病の発症でした。

光太郎が長沼智恵子と結婚したのは大正三年十二月。智恵子は福島の造り酒屋の娘で画家でした。その生活は、光太郎の詩集『智恵子抄《しょう》』（一九四一年）に描かれています。

智恵子が病の兆候を見せたのは昭和六年ごろ、亡くなったのは昭和十三年。療養期《りょうようき》に制作した紙絵は、ふしぎな美しさで知られます。

この作品は、その『智恵子抄』のなかの一編。智恵子は、

もう口を利きません。それは人間の世界から離脱したことを意味します。

そういう妻の姿を見守りながら追っていく夫。智恵子は自分の手をも離れた、いかんともしがたい存在になっています。

それは智恵子が人間の世界のあらゆる束縛から解放され、自然物のうちに帰っていくということです。

最後の一行にハッとするものを覚えました。

白帆

レールモントフ／神西　清訳

白い帆《ほ》かげが、うかんでいる
青海原《あおうなばら》の　さ霧《ぎり》がくれに……
遠い国で　何を捜す　つもりだろう、
ふる里《さと》に　何を見すてて　来たのだろう。

波は　さかまき　はやては　はためく、
帆柱は　たわみ、くるしげに　きしむ……
ああ、あの白帆《しらほ》は、幸福を求めない、
さりとて　幸福を避《さ》けるのでもない。

下を見れば　空《そら》よりも明るい瑠璃色《るりいろ》の潮《うしお》、
上を見れば　金色《こんじき》の太陽の光。
しかも白帆は、世にそむき、嵐《あらし》をねがう、
嵐のなかに、安らぎが　あるかのように。

「夕日に赤い帆」という歌があります。ジャズのスタンダード・ナンバーにふさわしい美しい曲ですが、こちらは青い大海のなかに浮かぶ、白く見える帆です。

どう感じますか？

ロシアの十九世紀の詩人・作家であるレールモントフ（一八一四〜四一）は、ロマンチックで反逆的な人間でした。かれはこういう情景を思い描いたのち、それを自分自身の心の決心の表現と考えます。

それは、水着の美女などがいっしょにいる、のんびりした楽しいクルーズなんかではありません。荒波に、たえずはげしくもまれている苦難の航海です。その先にいいことがあるという保証はない。

幸福とは何でしょうか。好きな人と平和な楽しい家庭をつくる。それもすばらしいことです。でも、この詩人は嵐こそ自分にふさわしい幸福として、願い続けるのです。あたかも〈嵐のなかに、安らぎが　あるかのように〉苦難を求めているのです。

こういう颯爽《さっそう》とした心意気を示す詩を残したレールモントフは、結局二度目の決闘で、旧友に殺されるということになりました。まだ二十七の若さでした。

かれの小説「現代の英雄」も、ぼくが学生時代に愛読した一冊です。

初めて子供を

千家元麿

初めて子供を
草原で地の上に下ろして立たした時
子供は下ばかり向いて、
立ったり、しゃがんだりして
一歩も動かず
笑って笑って笑いぬいた、
恐そうに立っては嬉《うれ》しくなり、そうっとしゃがんで笑い
そのおかしかった事
自分と子供は顔を見合わしては笑った。

おかしな奴と自分はあたりを見廻《まわ》して笑うと
子供はそっとしゃがんで笑い
いつまでもいつまでも一つ所で
悠々と立ったりしゃがんだり
小さな身をふるわして
喜んでいた。

赤ちゃんは、ときが来ると、自分で立ちあがろうとします。

つかまり立ちというやつです。そして果敢《かかん》に歩き出そうとします。

こどもを育てているときでいちばん緊張するときはこのころだ。ぼくは机の角などにスポンジを貼《は》りつけてまわりました。よろよろっところんで、角に頭をぶつけでもしたらどうしよう、と思ったからです。いや、こどもを育てるってたいへんなことだ。

千家元麿《せんげもとまろ》（一八八八～一九四八）の「初めて子供を」は、そういうぼくには感動的な作品でした。お父さんの千家さんは、それまでずっと、赤ちゃんを家の中で、おそらくたたみ

の上で育てていたのですね。室内はいわば人間がつくった空間だ。

それが、はじめて大地の草の上に立った。じかに大地に立つということは、人間の子がじかに自然と交感した、ということです。それはこどもにとっても、不思議な、しかし大事な記憶となるでしょう。

千家元麿は、東京府知事などを歴任した名門のお父さんを持ちましたが、正妻の子ではありませんでした。そういうことから予想される暗さのようなものはほとんど感じられません。なによりも卒直で素直です。武者小路実篤は〈真の詩人〉とかれのことを激賞しました。ぼくも千家の詩を読むとなんと無垢な心をもっている人だろうと心が熱くなります。

6月

やさしい馬といっしょに暮らしたい、という気持ちがつよくなってきました。あの大きな黒い目でじっとみつめられたい。湿気たっぷりの季節も、がまんしていけそう。

六月

茨木のり子

どこかに美しい村はないか
一日の仕事の終りには一杯の黒麦酒《ビール》
鍬《くわ》を立てかけ　籠《かご》を置き
男も女も大きなジョッキをかたむける

どこかに美しい街はないか
食べられる実をつけた街路樹が
どこまでも続き　すみれいろした夕暮は
若者のやさしいさざめきで満ち満ちる

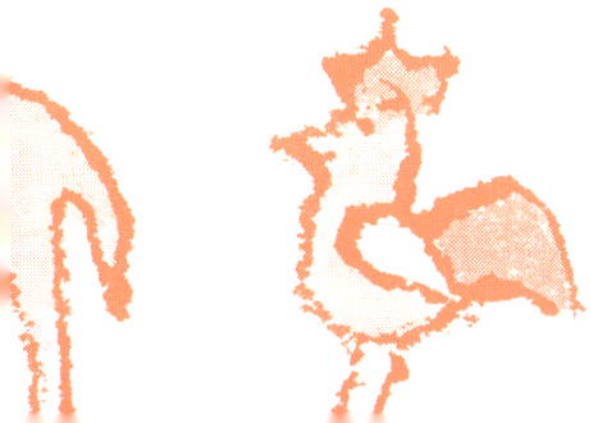

どこかに美しい人と人との力はないか
同じ時代をともに生きる
したしさとおかしさとそうして怒りが
鋭い力となって　たちあらわれる

一仕事のあとのビール。ましてさわやかな肉体労働のあとの黒ビール！

茨木《いばらぎ》のり子（一九二六〜二〇〇五）の「六月」収録の詩集『見えない配達夫』は、一九五八年、今から五十年前に刊行されました。

一九五八年。日本はまだ戦争の痛手から立ち直っていませんでした。労働者にも学生にも、ビールなんてぜいたく品でとてもとても。たいていの人がいつもお腹《なか》をへらしている野良犬でした。

そういう現実のひとりとして、茨木のり子は、若い女性の生命力あふれる自己主張を、のびやかに主張しました。

もっと強く願ってもいいのだ
わたしたちは明石の鯛《たい》が食べたいと（「もっと強く」）

と彼女は、現実にひるむことなく、そのすこやかな声をひびかせたのです。

「六月」はそういう時代に、茨木のり子が、未来へよせた夢です。今はビール飲み放題、果物食べ放題ですが、だからといって、この詩の人間の世界への願望は少しでも満たすことができているでしょうか。

そしてこの詩は、当時の人々の志をせおい、依然として凛《りん》として立っているのです。

かなしみ

石垣りん

私は六十五歳です。
このあいだ転んで
右の手首を骨折しました。
なおっても元のようにはならないと
病院で言われ
腕をさすって泣きました。
「お父さん
お母さん
ごめんなさい」

二人とも
とっくに死んでいませんが
二人にもらった体です。
いまも私はこどもです。
おばあさんではありません。

病気で入院していたことがあります。深夜、隣の病室から、「お母さん、早く来てよ、辛くてたまらないのよ。助けてよ」と訴えている女性の声が一晩中聞こえてきました。

ぼくは、娘さんがお母さんを呼んでいるんだ、とばかり思っていました。が、翌日、看護師さんから、それが高齢の女性で、もう両親などとうに亡くなっている人だと聞き、驚き、感慨を覚えました。

父や母は、幼いこどもにだけ大切なものではない。人は、死ぬまで親のこどもで、父や母を慕《した》うことなしには生きられないのです。

石垣りん（一九二〇〜二〇〇四）は、この詩を六十五歳のときに書きました。

石垣さんは、この詩のなかで、怪我《けが》をしたことをご両親に詫《わ》び、そしてこういいます。〈いまも私はこどもです。おばあさんではありません〉

現実には石垣さんは、幼くして母親を失い父親は再婚を繰り返していています。それでもご両親の前では、石垣さんは六十五歳になっても、親を慕う一人のこどもです。

石垣さんは、人間の暮らしやありように厳しいまなざしを向けた、忘れられない詩の数々を書きました。その眼が見た自分が、ここに率直に示されています。

雨ふれば

まど・みちお

雨ふれば
お勝手も
雨の匂いしている。
　濡《ぬ》れた葱《ねぎ》など
　青くおいてある。

雨ふれば
障子の中、
母さんやさしい。

縫物《ぬいもの》される針
すいすいと光る。

雨ふれば
通りのもの音、
ぬれている。
時おり
ことり　などする。

雨が降るとぼくは、よく朝寝をしてしまいます。勤め人ではないからそうなれるのですが、雨の日って、いつもとちがうおちつきのようなものがあるらしい。

まど・みちお（一九〇九〜）の「雨ふれば」を読むと、ほんとうに雨の日が目の前に浮かび上がってきます。台所に濡れた青いおねぎがあるなんて、眼に見えるようだ。

もの音なんて物ではないから、濡れるといわれるとはっとするけれど、靴だって、車輪だって、濡れるとたしかに雨の日の音をたてる。この詩はそういう違いをいきいきと示しています。

まどさんは、今年九十九歳。「ぞうさん」などでよく知られる童謡の名手ですが、その深い感受力は、文字だけの詩と

しても高度な達成をみせていて、読むものを瞠目《どうもく》させます。しかもその長大な詩歴を通じて、そのことは実現されていま
す。
「雨ふれば」は昭和九年、まどさんが二十五歳のときに書かれました。「コドモノクニ」という雑誌へ投稿《とうこう》したのです。選者だった北原白秋が、これを見逃さず認め、特選として掲載しました。
もっとも初期に属する作品ですが、この詩人の才能がもうキラリと光っています。

飛行機

石川啄木

一九一一・六・二七・TOKYO

見よ、今日も、かの蒼空《あおぞら》に
飛行機の高く飛べるを。

給仕づとめの少年が
たまに非番の日曜日、
肺病やみの母親とたった二人の家にいて、
ひとりせっせとリイダアの独学をする眼の疲れ……

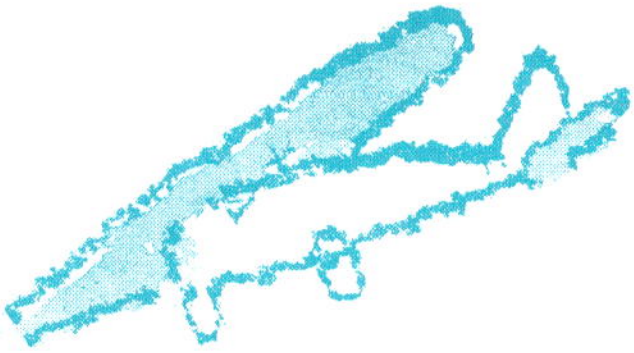

見よ、今日も、かの蒼空に
飛行機の高く飛べるを。

今は大学の進学率も高くなりました。こどもも少なくなったので、ぜいたくさえいわなければ、だれもが大学生になれそうです。

しかし、石川啄木（一八八六～一九一二）がこの詩を書いた明治の末年には、中学へ行く者は選ばれた人々でした。

啄木は、名門盛岡中学に進学しましたが、文学に熱中したことなどもあって、結局中途退学、才能を認められて、優れた仕事を、短歌に、詩に、評論に残した天才的な文学者ですが、きちんとした学歴をもつことが出来ませんでした。

この詩の主人公の少年も、学ぶことへの憧《あこが》れをもちながら、進学できなかった子です。

会社の雑用係をしながらも、英語のリーダーを独学で学ん

でいますが、少しぐらい学んでもどうにかなるわけでもない、ということは自分がいちばんわかっているでしょう。でも、かれは学ばないではいられないのです。

啄木の時代には、まだ新しい乗り物だった飛行機。その飛行機にも少年の志は乗り移っています。

少年時代にこの詩を読んだとき、心に焼きつきました。困難と闘い、それを乗り越えたい、という気持ちは、いつの時代にも青春にいる者にはあります。この詩は、そういう青春を、その時代にふさわしい形で鮮やかにきりとってみせています。

僕はまるでちがって

黒田三郎

僕はまるでちがってしまったのだ
なるほど僕は昨日と同じネクタイをして
昨日と同じように貧乏で
昨日と同じように何にも取柄《とりえ》がない
それでも僕はまるでちがってしまったのだ
なるほど僕は昨日と同じ服を着て
昨日と同じように飲んだくれで
昨日と同じように不器用にこの世に生きている
それでも僕はまるでちがってしまったのだ

ああ
薄笑いやニヤニヤ笑い
口をゆがめた笑いや馬鹿笑いのなかで
僕はじっと眼をつぶる
すると
僕のなかを明日の方へとぶ
白い美しい蝶《ちょう》がいるのだ

働いている男の人は、たいていお酒が好きだ。一日の仕事の終わったあと、「ああ、やれやれ」という気分で、どこかの酒場で「おやじ、とりあえずビール！」なんて叫んでいることでしょう。

長いこと勤め人生活をした黒田三郎（一九一九～八〇）はお酒の好きな詩人でした。かれはお酒を飲むと、度をこすこともしばしばで、そういう自分をかれは〈ろくでなしの飲んだくれ〉（「洗濯《せんたく》」）と激しく嫌悪していますが、それでも止められないのがお酒です。

そういう、自尊心がもちにくい生活をしている詩人が、ある日突然「まるでちがってしまった」のです。

謎《なぞ》を解く鍵《かぎ》は、この詩の収められている詩集の題にありま

す。その題は『ひとりの女に』といいます。これは一人の女性との恋愛の連作詩集です。

詩人は恋に落ちたのです。

恋の高揚《こうよう》はすべてを変えます。それまでの生きがいのない人生も、一人の女性の出現によって、まるでちがって感じられてきます。

明日の方へとぶ美しい一匹の蝶。それが、かれが好きになった女性の象徴です。かれは生きていくための、希望と勇気をもらったのです。そしてその女性、光子さんとかれは結婚しました。

『ひとりの女に』は、戦後の名恋愛詩集といわれています。

7月

大きな青空がひろがっています。バケツのような容器に入ったアイスクリームを買ってきて、近所のこどもたちといっしょに食べました。道にランニングシャツが、くしゃくしゃになっておちています。

ソネット 18

W・シェークスピア／小田島雄志訳

あなたをなにかにたとえるとしたら夏の一日でしょうか？
だがあなたはもっと美しく、もっとおだやかです。
手荒な風が五月の蕾《つぼみ》を揺さぶったりして
夏のいのちはあまりにも短くはかないのです。
ときには太陽の眼差《まなざ》しが熱すぎることもある、
ときにはその黄金の顔に雲がかかることもある、
そして偶然、あるいは自然のなりゆきによって、
美しいものはすべてその美しさを奪われていくのです。
だがあなたの永遠の夏は色あせることもなく、

あなたに宿る美しさは失われることもなく、
死神に「死の影を歩む」と言われることもないでしょう、
あなたが永遠の詩の中で「時」と合体しさえすれば。
人々が息をするかぎり、その目が見うるかぎり、
この詩は生きてあなたにいのちを与え続けるでしょう。

ウィリアム・シェークスピア（一五六四〜一六一六）は、「ハムレット」「ロメオとジュリエット」などで有名なイギリスの大劇作家ですが、秀でた抒情《じょじょう》詩人でもありました。

ここにとりあげた詩は、百五十四篇収録の「ソネット集」の一篇。ソネットは十四行でまとまる詩の形式です。

詩のなかの語り手は、シェークスピア自身。〈あなた〉と呼びかけられているのは、女性ではなく、じつは年下の青年です。詩人は美貌《びぼう》の青年の魅力を讃《たた》えますが、その美のうつろいやすさを、すばらしいが短く過ぎていく夏にたとえています。

この避けられない衰えから逃れる道は、自分の今の姿を保つはずの息子をもつことだ、という現実的なアドバイスも他

の詩でしています。だが、ここでは詩の言葉に定着されることで、長い生命をもつ道もあると、詩人は誇らかに告げてもいるのです。

作家・評論家の吉田健一は、春から秋へかけてのイギリスの自然は、われわれ東洋人には信じられないような美しさをもっている、と述べました。そして、イギリスの冬はそれに匹敵《ひってき》して醜悪《しゅうあく》だ、かれらはその両者に耐える神経をもつ、ともいい、このソネットを引用しています（「英国の文学」）。

そういう激しい自然の場でこの詩が書かれたと思うと、もう一歩、その世界に近づくことができるでしょう。

空のすべり台

岡 真史

つらいくさとりがおわり
ズキンとするこしをあげて
みれば
空に七色のすべり台が
あった
じっとすべり台を
みていると
スーとひきこまれる
くものかいだんを

のぼり
七色のすべり台を
すべる
ほしのかぜをひきさき
はてしなく
すべっていく……
ろうどうあと
そんなことをかんがえたりする

若いときは、何事も新鮮。うまくいけば、忘れられない素晴らしい体験になるし、うまくいかなければ、深い傷になることもあります。

すべてがはじめてのことですから。同じことに幾度《いくど》も出会えば、やがて慣れます。大人はそうして安定的に生きていますが、少年少女のころの感動を、再び体験することはできません。

岡真史《まさふみ》(一九六二〜七五)はわずか十二歳で、団地から空へ身を投げて、その命を自分の手で断ちました。幼いころから読書や音楽が好きで、詩や作文を書いていました。ここにとりあげた作品は六年生ごろのものです。

岡くんはものを鋭く感じ、また考える子だったと思いま

す。そのかれにはひとつの問題——父母が、朝鮮と日本という違う国籍、ということがありました。そういう子は日本には沢山《たくさん》いて、みんな元気に生きていっています。岡くんもその問題を未来にむかって背負う気持ちでいたはずです。

草刈りという労働あとの、ほっとしたときに、気持ちを虹《にじ》に託《たく》した詩。少年らしいフレッシュな気持ちがあふれている作品ですが、その開放への希求のうちに、はっとする危ういものを感じました。岡くんの空への憧れは、世俗を生きる気がなかったということか。

そういうこわれやすく美しいガラス器のようなかれの残した言葉を、ぼくは忘れられないのです。

お花畠

尾崎喜八

いちばん楽しかった時を考えると、
高山の花のあいだで暮らした
あの透明な美酒のような幸福の
夏の幾日がおもわれる。
残雪や岩のほとりの
どんな花でも嘆賞に値したし、
あらゆる花が夕べの空や星辰《せいしん》の
深い意味を持っていた。
そこに空気は香り、

太陽の光は純粋に、
短かい休暇が私にとっては永遠だった。

夏は、山岳部の学生さんたちには、山登りの絶好のチャンス。苦労して、へとへとになるのに、どうして山登りなんかするのだろう。

山登りは、しかし一度その魅力にとらえられたら、たいへんなものらしい。苦労はするのですが、帰ってくるとそのことはすっかり忘れて、素晴らしいことばかりが、心のなかでキラキラかがやき、たちまちまた登りたくなる、と知り合いの山男たちはみないいます。

尾崎喜八《きはち》（一八九二〜一九七四）の「お花畠《はなばたけ》」は、今は地上にもどっている詩人が、山の素晴らしさを回想している作品です。お花畠とは、高山に群落をつくって咲いている高山植物のことで、それらは、きびしい自然環境とたたかいな

がら生きているのです。

〈残雪や岩のほとりの　どんな花でも嘆賞に値した〉とはそういうことをふまえた言葉です。また〈あらゆる花が夕べの空や星辰の　深い意味を持っていた〉というのは、ビルや照明などの人工物で自然から人間を隔《へだ》てている都会とちがって、花がじかに空や星と交感しあっているのが山という自然、ということでしょう。〈透明な美酒のような幸福〉という言葉が、詩人の山にあこがれる気持ちをよくあらわしています。

遠いところで

菅原克己

遠いところで音がする。
それはいつでも耳にするが
近づけない。
あなたはそれを手ぢかに聞く、
蛇口《じゃぐち》からほとばしる水音のように。
ぼくの思いは遠いが、
あなたはそれをいつも手でつかむようだ。
同じだと言ってくれ、
ぼくの耳にするものと

あなたの手にするものと。
それでなければ、
ぼくのは、
最初からの、死ぬほどの
まちがいなのだ。

ものごとには、いろいろなわかりかたがあります。

あっというまに、わかっちゃっていることもあります。

自信がもてなくて、困ることもあります。相手は、自分がわかっていると思うものより、ほんとうはもっと大きいのかも、深いのかもしれない。

ウロウロしてしまいます。

菅原克己《すがわらかつみ》（一九一一～八八）はこの詩で、自分と他者のわかりかたの違いに悩みました。

自分が近づけない、遠いところに在るとしか感じられない音を、何と横にいる人物は水道の蛇口からほとばしる水音のように聞いているらしい。

在ることを当然として、手でつかむように扱うことも出来

るらしい。

いわば日常の自明のものらしい。いったいこの違いは何だ！

もしかしたら、自分は根本からまちがえて、そう思い込んでいたのか？

菅原克己の日常生活から察して、どうやら横にいる人はかれの奥さんらしい。夢想派の詩人とそれを支える実生活の達人である妻。これは詩人のほうがあわてます。

菅原克己は、あらあらしい政治の季節に身体を張って生きながら、光の雫《しずく》のような抒情詩を書きました。その本領そのものという詩ではないかもしれませんが、おもしろい味の詩です。

8月

だれもいない夜の海に、水着を着ないではいります。ぬるい水をかきわけていると、さわってくるものがある。海藻《かいそう》です。

今年の夏はいいことがありました。来年の夏はどうでしょうか。しんぱいです。

生ましめんかな
——原子爆弾秘話——

栗原貞子

こわれたビルデングの地下室の夜であった。
原子爆弾の負傷者達は
ローソク一本ない暗い地下室を
うずめていっぱいだった。
生ぐさい血の臭《にお》い、死臭、汗くさい人いきれ、うめき声。
その中から不思議な声がきこえて来た。
「赤ん坊が生れる」と云《い》うのだ。
この地獄の底のような地下室で今、若い女が
産気づいているのだ。

マッチ一本ないくらがりでどうしたらい、のだろう。
人々は自分の痛みを忘れて気づかった。
と、「私が産婆《さんば》です。私が生ませましょう」と云ったのは
さっきまでうめいていた重傷者だ。
かくてくらがりの地獄の底で新しい生命は生まれた。
かくてあかつきを待たず産婆は血まみれのまま死んだ。
生ましめんかな
生ましめんかな
己が命捨つとも

六十三年前の一九四五年八月六日、広島に原子爆弾が投下されました。同月九日、長崎にも投下され、一般民衆が無残な死をとげました。

その場で亡くならなかった人々も、やがて怪我や浴びた放射能の影響で亡くなったり、障害をもって生きることになったりしました。

栗原貞子（一九一三〜二〇〇五）は、広島で被爆しました。原爆症に苦しめられながら、この詩は書かれました（「詩の中の地下室は千田町の旧郵便局の地下室」という注も添えられているし、どう考えても実際の出来事です）。

沢山の人間が死んでいくなかで、ひとつの生命が生まれる。すごいことです。生命はそういう力です。

ぼくの母方の家系は、ひいおばあちゃんの代から助産師（産婆・助産婦）です。ぼくも小学生のころ産院で、お産のために、お湯をわかすのを手伝ったこともありました。

助産師の仕事は、よろこびに満ちたものですが、同時にとてもきびしい責任を伴います。その生命の誕生に立ち会う迫力を、伯母《おば》や従姉《いとこ》から感じながら育ちました。

この詩のなかで、瀕死《ひんし》の助産師が、新しい生命のために最後の仕事をするところを、ぼくは感慨なしに読むことはできませんでした。ここにも生命の味方として、懸命《けんめい》に戦っている助産師がいた！

八月

中村　稔

うちつづく炎天の下　地面から
ぎらぎらと熱気が立ち騰《あが》り
サルスベリの花房はなかば散り
その朱もすでに仄《ほの》かに淡い。

部屋の隅の暗がりに
ぶあつい白が凝固《ぎょうこ》し
ぶあつい白の塊《かたま》りがながれ
ながれながら凝固してかたちをなす。

風もわたらぬ天と地の間で
ものみなひたすら沈黙し
ほしいままに熱気が立ち罩《こ》めている。

暗がりのぶあつい白に
ちいさなちいさな蛙《かえる》がはりついている、
あ　その眼玉が煌々《こうこう》とひかっている。

今年の夏は、どうしましたか。海、それとも山？　ぼくは鎌倉に住んでいるので、毎年、町の流れが変わってしまうほど多い、海へ向かう若者を迎えうちます。

夏、好きです。さまざまな夏の顔。いつのどれも、忘れられない。

中村稔《みのる》（一九二七〜）は、いくつも秀《すぐ》れた夏の詩を書いていますが、ここでは晩夏の熱の感触がなまなましく感じられる「八月」を。

サルスベリ。ほんとうに花を見るだけで暑い。その花房も半ば散っているというのだから、やがてこの夏も終わる日が、きてしまうのかもしれない。しかし、まだまだぎらぎらとした熱気は、季節の盛りを示しています。

室内は、もっと夏の相貌《そうぼう》をあらわにしています。それまでだれもいなかった、密閉された室内に中村さんが入っていくと、部屋の片隅には、得体《えたい》の知れない白いものがうずくまっている。

白いものは、暗がりに分厚く凝固していますが、そのうちまたその塊がながれたり、またかたまったりする。

風などそよとも動かぬ、どーんと熱気がこもっている部屋。無気力で、無目的な動きの〈白〉は、けだるく、疲労感ある八月の夏のエネルギーの姿ではありませんか？

おまけに、小さな眼玉蛙まで張り付いているのですよ。

どれほど苦い……

新川和江

どれほど萱《かや》を刈《か》りつづけたら
あの地平線は見えてくるの？
どれほど重い車を引いたら
あの曙《あけぼの》へお引越しできるの？
どれほど高く跳《と》びあがったら
高貴なつばさが芽生えてくれるの？
どれほど苦い涙を泣いたら
あの潮騒《しおさい》にまじり合えるの？
どれほど強い火で煮つめたら

あの皿によそえるように血は凝《こご》るの？
どれほどのどをひき裂いたら
わたしの歌はあの耳にとどくの？

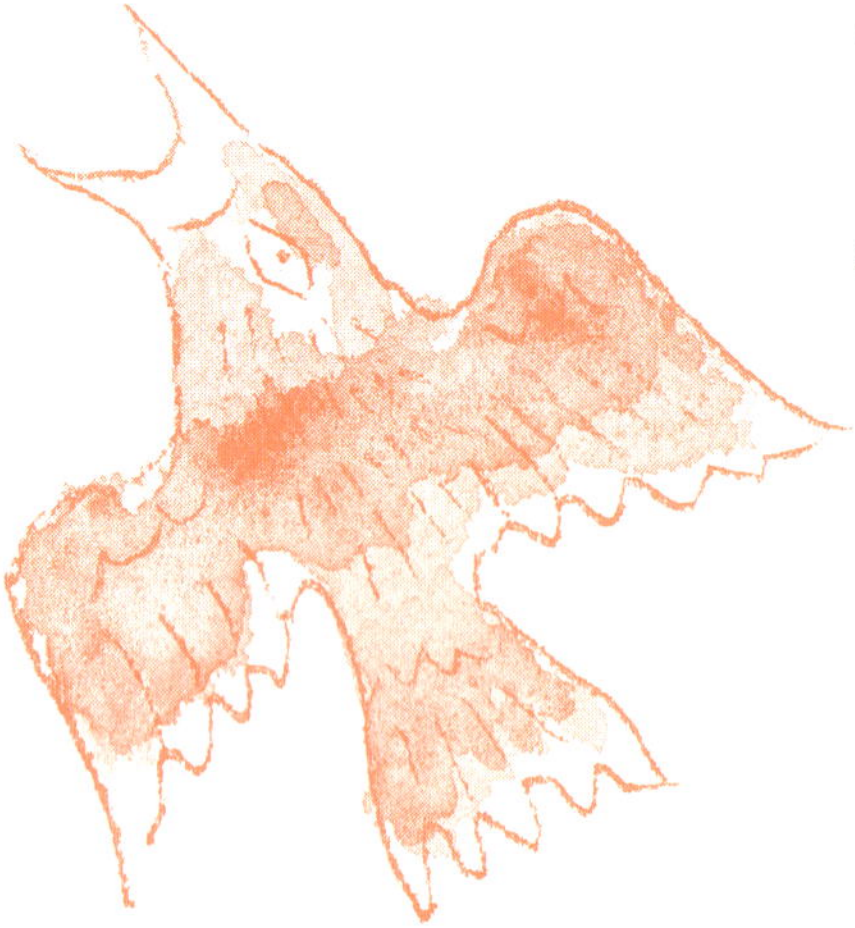

わたしたちは、何かほしい物品があるとき、お金をはらって買います。結婚したい女性が現れたとき、「わたしと結婚してくれれば、一生あなたを大事にして、他の女性なんか見向きもしません」などと誓います。

新川和江《しんかわかずえ》（一九二九〜）のこの詩は、その〈代償《だいしょう》〉を問い続けます。

高く生育した萱をどのぐらい刈れば、その向こうにひろがる地平線を望むことができるか？

という最初の問いはわかりやすいですが、だんだん望みと代償の関係が、複雑になっていきます。それは詩人の直感がつないでいるので、その計算のおもしろさを、あじわってください。

しかし、終わり近く出現する血を煮詰めるというイメージには、ただならぬものがある。

最後の二行がそれを解きます。詩人は、或《あ》る人の耳にとどく〈うた〉を望んでいます。

代償なしには何物も得られない。その一般論を、自分の場合に収縮《しゅうしゅく》させたのです。

しかしそのためには、咽喉《のど》をひき裂くという、破滅的な代償を払わなければならない。

代償の高さは、同時に表現ということの絶対的な困難をも示しています。そして詩人はそれを支払う決意をしなければならないと、訴えているのです。

山芋

大関松三郎

しんくしてほった土の底から
大きな山芋《やまいも》をほじくりだす
でてくる　でてくる
でっこい山芋
でこでこと太った指のあいだに
しっかりと　土をにぎって
どっしりと　重たい山芋
おお　こうやって　もってみると
どれもこれも　みんな百姓の手だ

土だらけで　まっくろけ
ふしくれだって　ひげもくじゃ
ぶきようでも　ちからのいっぱいこもった手
これは　まちがいない百姓の手だ
つぁつぁの手　そっくりの山芋だ
おれの手も　こんなになるのかなあ

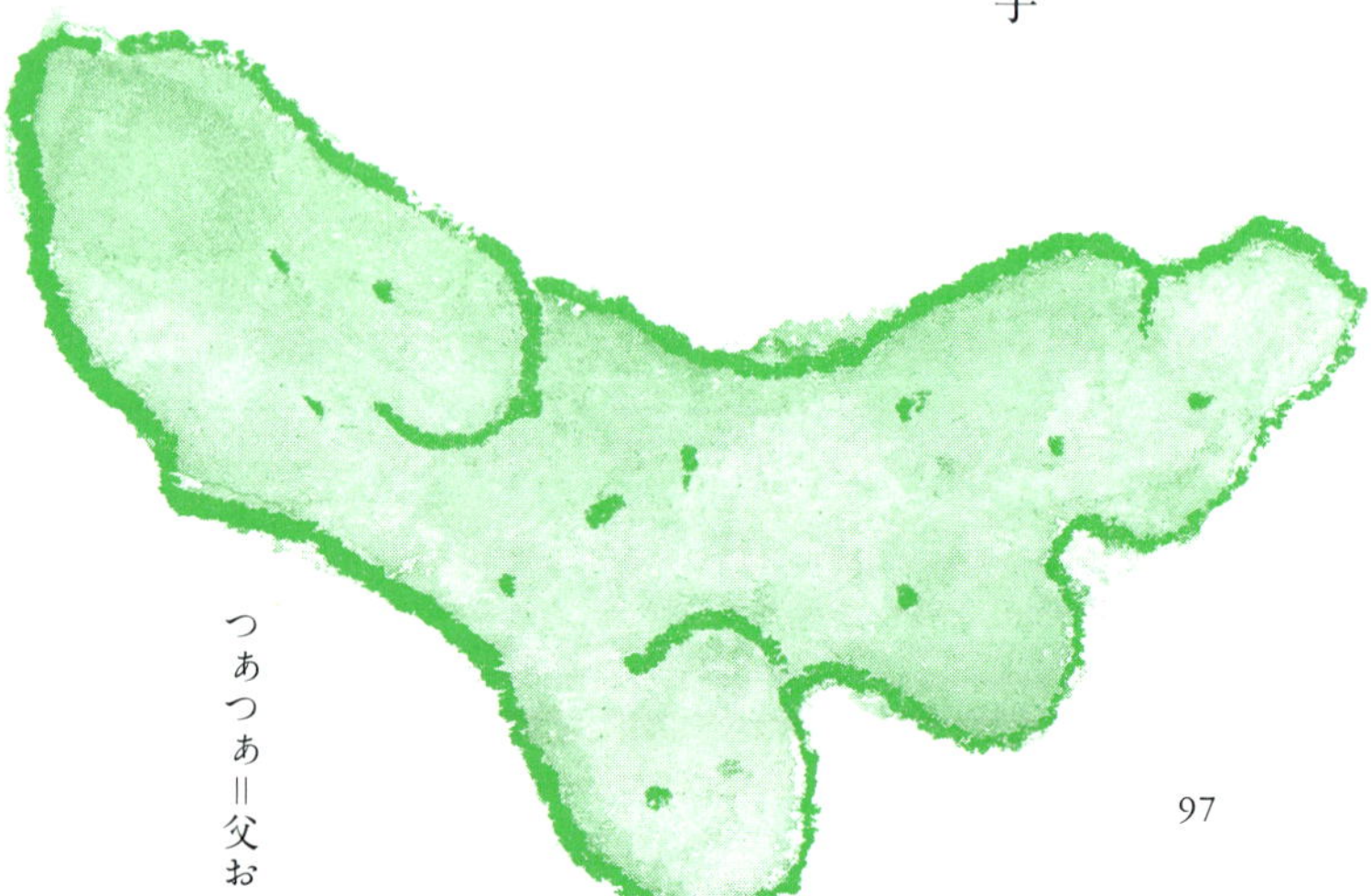

つぁつぁ＝父おや

日本には、時代によっていろいろなこどもたちがいました。考えも、行動も、今のこどもとはちがっていました。

大関松三郎（一九二六～四四）は昭和のはじめの新潟の農村の三男として生まれました。小学校に入ると、自分の生活に根ざした詩や作文を書き出し、土の香《かおり》のするエネルギッシュな作品は大いに注目されました。そこには寒川道夫という指導者も存在したことは忘れられません。

仕事は戦後『山芋』という一冊の詩集としてまとまり、ここに引用したのは、その冒頭の一篇です。

松三郎は、戦前昭和の時代を、こどもながら両親といっしょに土にまみれ、農業生産者の一人としてけなげに生きています。

この山芋はすっと細長い長芋ではなく、山芋の塊茎《かいけい》です。それは人間の手のかたちをしているともみえます。

土に埋まっている塊茎はずっと味が濃くておいしい。松三郎はエネルギッシュな芋のイメージに、農民の逞《たくま》しい手を感じます。大地とともに生きる喜びとその定めを感じ取ったのです。

大関は、戦後日本の担い手の一人になったかもしれません。しかし、かれは四四年、二十歳になる前に戦死しました。

日課

中桐雅夫

三時間、あと三時間しか生きられないとわかったら、
ときどき、大きな息をするだろうな、
薄紅の爪《つめ》の色でもじっと見ているだろうかな、
うろたえたりしなければいいがな。

三箇《か》月、あと三箇月生きているとわかったら、
朝の牛乳を飲んでからカレンダーをめくる、
それが日課のひとつになるだろうな、
だれかに手紙を書くひまもあるな。

三年、あと三年生きられるとわかったら、
いままでに読んだ本を読み返して、
もう一度、おなじ青春を経験するのがいい。
その間は、人にやさしくしような。
夜の酒もほろ酔い程度にして、
日に三時間は、詩を書いていたいな。

今、おまえは死ぬよ、といわれたらどうしましょう。それはいわれる人が、それまでどのぐらい生きてきたか、ということにも左右されるでしょう。まだ恋愛も結婚もしてない人には、これは大へんなショックでしょうし、ぼくのように、七十をすぎた人間は、あるいはホッとするかもしれません。

中桐雅夫《なかぎりまさお》（一九一九〜八三）は、第二次世界大戦の暗い時代に育ち、戦後は東京で新聞記者として生きた人です。さまざまなつらい体験をしていますが、一生自分の誇りを保った人生でした。

この詩は、二十の人ならともかく、定年近い人生の晩年に書かれたものですから、まだ心に余裕があります。あと三時間といわれたらさすがに当惑するでしょうが、三ケ月だった

ら、おいしい牛乳をまずいっぱい味わう余裕はあるでしょう。三年ともなればこれはとても長い時間だ。ほとんど人生の晩年全体ともいうべきものだ。ぼくだったら、何かひとつ企ててやりたい、と思うところ。

時間はふしぎなものです。生きているその時期その時期で質も価値もちがいます。あなたは自分だったら、と思って、考えてみて下さい。

中桐雅夫は、とてもお酒が好きで、五十代のとき飲みすぎて心臓がとまったことがあるほどでした。やさしい人なのに心のやさしさを素直に口であらわすことが苦手でした。

9月

いつも通るたびに吠《ほ》えたてる犬が、今日はしん、としている。どうしたんだろう。病気なんだろうか。ちょっといったり来たり。しかし、やっぱりしんとしている。

豆

多田智満子

エジプト人はエジプト豆をたべる
恋人たち　ならんですわって
ひよこの形したまるっこい豆を
かわるがわるつまんでたべる
ひとつぶづつ　つぷつぷ噛《か》んで

ひょいところがるひよこ豆
スカートの裾《すそ》にもぐりこみ

失われた?
失われない
ごらん　聖なるタマオシコガネが押してくるよ
太陽を押しころがすようにして
うやうやしく
ころがり落ちたきみたちのひとつぶの愛を

カイロの街かどにて

多田智満子《ただちまこ》（一九三〇～二〇〇三）は、二〇〇〇年に詩集『長い川のある國《くに》』を出しました。エジプトを舞台にした詩集で長い川はナイルです。

エジプトは、七千年も歴史時代をもつ、北アフリカのとても古い国。中心を流れるナイル川は、雨の少ないエジプトの、さまざまな生命をはぐくんできました。

密度の濃い水塊を押して
永遠を貫通する川（「流」）

と、多田さんはナイルを讃えています。

とりあげた「豆」は、この詩集の片隅にある一情景。町で

見た恋人たちの姿かも。

エジプトだからエジプト豆を食べます。ぼくは食べたことがないけれど、おいしいんでしょう。そういうとき、ポロッと一粒、娘さんのスカートの裾にもぐりこんだ。

しかし、聖タマオシコガネがそれを押しはじめました。聖タマオシコガネは、糞《ふん》ころがしのコガネムシですが、古代エジプト人は神聖な虫とあがめました。〈太陽を押しころがすように〉には、太陽神ラーが踏まえられています。

歴史の古い、風土の異質な世界。だからといって恋愛は恋愛です。ぼくたちが喜び、悩み、ガックリしたりを、エジプトの恋人たちもまた、味わっていることでしょう。

この詩集で多田さんは、読売文学賞を受賞しました。

朝鮮童謡

金　素雲訳

月よ　月よ　明るい月よ
李太白《りたいはく》の　遊んだ月よ
あの　あの　月の中ほどに
桂《かつら》が植えてあるそうな
玉《たま》の手斧《ちょうな》で　伐《き》り出して
金《きん》の手斧《ちょうな》で　仕上げをし
草葺《くさぶき》三間　家建てて
父《とう》さん　母《かあ》さん　呼び迎え
千万年も　暮らしたや

千万年も　暮らしたや。

月の美しい季節です。晴れた晩、月を見ながら、イッパイやるのは、なかなかオツなものだ。

この朝鮮の無題の童謡は、京畿道のものですが、朝鮮全体でよく知られているものだと、訳者の金素雲（一九〇七〜八一）はいっています。

日本で見る月も、韓国で見る月も、中国で見る月も、同じです。昔も今もまあ変わりはない。人をさまざまな思いに誘ったと思います。この詩もとても美しい。

二行目に出てくる李太白は八世紀の中国・唐の大詩人李白のことですが、豪放をもって鳴り、お酒が好きでした。名月の晩、船を出し、水面に映る月と戯《たわむ》れて溺死《できし》した、という伝説があります。

月に桂《かつら》の木がある、というのも中国でいわれたこと、日本語の辞典にも出ているし、日本酒のレーベルにもあったんじゃないか。三つの国は、しっかりつながっていることを感じます。

その桂の木で、草ぶきの3Kの家を建て、両親といつまでも暮らしたい。これもぼくのような片親で乱世を生きた少年には、切実な気持ちです。

これはお行儀のいい詩だけれど、元気のいい朝鮮のこどもたちです。この詩集のあっちこっちで、バンバン、エネルギーを発散していて、さすが！

縁日幻想

天野　忠

弘法さんの人混みの中で
肩をポンと叩《たた》かれたようで振り向くと
櫛《くし》を並べた箱の中へサッと隠れた。
からだじゅうお線香の匂いだらけの
しずかなおばあさんが横にいて
あたりはもうまっ暗で
どこかの電灯がポツンと
疼《うず》くように点《つ》いた。
暗いけれどそのあたりに

こぼれ梅の店があるはず、そう思って
重たくてしようのない足を引きずって
歩いているうちに
さっき隠れたのは
あれは親父だったなと分ってきた。
私より十年若くて死んだ。

縁日《えんにち》に行ったことがあるでしょうか。

詩人は弘法（空海）さんの縁日に行きました。人ごみで誰かに肩をポンと叩かれたようですが、ふりむいてもだれか分かりません。

気づくと、あたりはもうまっくら。その中を歩いているうちに、突然さっきのいたずらは父親だったとわかった——。

なんとなく読んでしまう詩ですが、最後ではっとします。お父さんは詩人より十歳も若くて、亡くなっている。え？じゃあこの詩人はいくつ？

四行前に〈重たくてしようのない足〉とあります。これはお年よりだということでしょう。うーん。じゃ、お父さんはどうしてそんなことをしたのか？

それは、こどもの頃、まだ若かったお父さんと楽しくいたずら遊びをした、という古い記憶のせいではないでしょうか？

今や自分より十歳も若くなってしまった父親。その父親が若いときのままで会いに来てくれた。そのねじれ感と懐かしいうれしさ。老境に味わうフシギな空想とぼくは読んでみました。

天野忠《あまのただし》（一九〇九〜九三）は長生きをした詩人ですが、老いの詩を沢山書きました。キツイ作品が多いのですが、とりあげた「縁日幻想」は、それでもふっくらと優《やさ》しいのです。

（一一〇四番）

エミリー・ディキンスン／新倉俊一訳

こおろぎが鳴いて
陽が沈んだ
働いている人達はつぎつぎと
一日の縫《ぬ》い目《め》を仕上げていった

低い草は露《つゆ》を背負い
たそがれが旅人のように立ちどまった
帽子を片手に　いんぎんに改まって
いこうか　それともとどまろうか　というふうに

大きな広がりが　近所の人のようにやってきた
顔も名前もない知恵と
おだやかな両半球のような平和が
そしてすっかり　夜になった

日暮れの詩です。この風景は、十九世紀後半を北米マサチューセッツ州アマーストで生きた女性詩人が、書き付けた無題の詩です。

さまざまな日暮れ。でも、これはおだやかで静かな夕暮れです。人々はその日の仕事をそれなりに完成させています。その人々の場をもっと大きなものが支配している予感。

そして、その大きなひろがりがあたかも近所の人のような感じでやってきて、あらがいようもない着実さで世界を覆《おお》っていく。

この平和な時間帯を、詩人は心から受け入れています。美しい詩です。

エミリー・ディキンスン（一八三〇〜八六）は、終生独

身、アマーストの父親の邸宅《ていたく》にひきこもり、詩を書いて暮らしました。

生前には十篇ほどの作品を発表しただけで、詩集の出版はありませんでした。死後、妹さんが箪笥《たんす》の引き出しから千七百七十五篇にもなる、未発表の原稿を見つけ出しました（作品につけられている番号もそのせいでしょう）。

こういうことになったのはエミリー自体の内閉的な傾向のせいと思いますが、当時はまだ、女性が文学をするということをいやがる風潮も残っていたようです。

なくなったときには、ほとんど無名だったエミリーですが、今では、アメリカを代表する詩人です。

10月

きらわれたくないという思いからかでしょうか。いろいろな約束をしすぎてしまいました。

どうしたらいいのかしら。フライパンでバターを溶《と》かします。ああ、とてもいい匂い。

しぐれに寄する抒情

佐藤春夫

しぐれ
しぐれ
もし
あの里を
とほるなら
つげておくれ
あのひとに
わたしは
今夜もねむらないでゐた——

と
あのひとに
つげておくれ
しぐれ

だれかを好きになったことがあるでしょう。好きになると、その人のことを考えないではいられなくなります。

ほかの事が手につかなくなる人もいます。それまできちんと仕事をこなしていた女性が、とつぜん遅刻、早退、ミスを連発、やがて彼女が熱烈な恋におちていることがわかる、という事態に出会ったことがありました。

佐藤春夫（一八九二〜一九六四）の青春は、大正時代でした。谷崎潤一郎夫人千代に恋をした春夫は、大正九年、彼女を妻に貰《もら》い受けようとして潤一郎に拒絶される、というようなことがあって失恋しました。

しかしかれは、千代のことを思った詩を次々に書きました。孤独な男が、涙をしたたらせながら秋刀魚《さんま》を食べる、と

いう有名な「秋刀魚の歌」もそのひとつです。

この「しぐれ」も、千代にあてたものではないでしょうか。一行がみじかくて、ひとつひとつ息を継ぎながら言葉にしている、というところに切なさがあふれています。そして千代とは昭和五年、春夫三十八歳のときに、とうとう結婚します。

ぼくの父と母も大正が青春でした。恋愛中の青年と乙女《おとめ》は春夫の詩を熱狂して読んでいました。

蝶を夢む

萩原朔太郎

座敷のなかで　大きなあつぼつたい翼《はね》をひろげる
蝶のちいさな　醜い顔とその長い触手と
紙のようにひろがる　あつぼつたいつばさの重みと。
わたしは白い寝床のなかで眼をさましている。
しづかにわたしは夢の記憶をたどろうとする
夢はあわれにさびしい秋の夕べの物語
水のほとりにしづみゆく落日と
しぜんに腐りゆく古き空家にかんするかなしい物語。
夢をみながら　わたしは幼な児のように泣いていた

たよりのない幼な児の魂《たましい》が
空家の庭に生える草むらの中で　しめっぽいひきがえるのように泣いていた。
もっともせつない幼な児の感情が
とおい水辺のうすらあかりを恋するように思われた
ながいながい時間のあいだ　わたしは夢をみて泣いていたようだ。

あたらしい座敷のなかで　蝶が翼《はね》をひろげている
白い　あつぼったい　紙のような翼《はね》をふるわしている。

チョウは美しい。でもルーペで拡大して見ると、グロテスクな感じもします。とくにぼくは、複眼の目が、何をどう見ているのか、不安です。

萩原朔太郎《はぎわらさくたろう》（一八八六〜一九四二）は、デビュー時から特異な感覚で注目されました。地中にひろがっている草の無数の細根のように繊細で、度が過ぎていないかと心配になる、過敏な神経の震えが感じられる作品群は、一度読んだら忘れられない強い刺激と、湧《わ》き出してくる懐かしさを残していきます。朔太郎は、天才だ、と少年時代のぼくは思い、畏怖《いふ》を覚えながら尊敬したものでした。

「蝶を夢む」では、大人である〈わたし〉は夢のなかで、夕方の水のほとりにある、腐りかけた空家の庭で泣いている幼

な児になっています。詩人は内部で崩壊していくものを感じていたのでしょうか。

チョウは、夢から覚めて、その座敷で再び見ている幻影でしょう。が、これは、美しいというよりグロテスクで不器用な姿です。

今はもう飛ぶことの出来なくなったカイコの成虫を連想させるこのチョウのイメージは、とてもリアルです。これは何でしょう？　詩人その人の自画像？

今はこの創出されたイメージのなまなましさを味わいましょう。

保谷

田村隆一

保谷《ほうや》はいま
秋のなかにある　ぼくはいま
悲惨のなかにある
この心の悲惨には
ふかいわけがある　根づよいいわれがある
灼熱《しゃくねつ》の夏がやっとおわって
秋風が武蔵野の果てから果てへ吹きぬけてゆく
黒い武蔵野　沈黙の武蔵野の一点に

ぼくのちいさな家がある
そのちいさな家のなかに
ぼくのちいさな部屋がある
ちいさな部屋にちいさな灯をともして
ぼくは悲惨をめざして労働するのだ
根深い心の悲惨が大地に根をおろし
淋《さび》しい裏庭の
あのケヤキの巨木に育つまで

秋になると心の風景も一変します。暑さが去るころは、もう日が短く日暮れが早い。季節は移ったのです。

保谷は、東京近郊の町（今は西東京市）で、この詩の書かれた当時は武蔵野の面影が残っていたでしょう。そして、戦後の代表的な詩人のひとりである田村隆一（一九二三～九八）は「保谷」を書きました。

秋の武蔵野。カメラは接近して、ひとつの家をとらえ、ひとつの部屋をとらえます。部屋には灯がともっています。

詩人は心のうちをしっかりとみつめる時期が来た、と感じています。保谷は今秋のなかにありますが、自分は〈悲惨〉のなかにあります。

〈悲惨〉とは何か。それは説明されていません。しかしここ

には、第二次世界大戦という過酷な時代を生きた詩人の体験が影を落としているでしょう。個人的生活体験もあるかもしれない。また人間が持たざるを得ない生の条件もかかわっているでしょう。

〈悲惨をめざして労働するのだ〉というかれは、詩を書くという〈労働〉によって〈悲惨〉とむきあい、それをさらに深く自分の中で巨木になるまで育て、深く知ろうとしているのです。

それが詩人のするべき仕事だ。これはそういう田村さんの、決意の詩です。

Ｊに

吉原幸子

おちちなんていう
かんたんなものをのみながら
おまえはそれをちゃんと分離する
液体と　固体と　気体とに

おまえのちいさなからだのなかで
おまえがねむっている間
おまえのちいさな腸《ハラワタ》がうごいて
おまえのちいさなハラワタのなかを

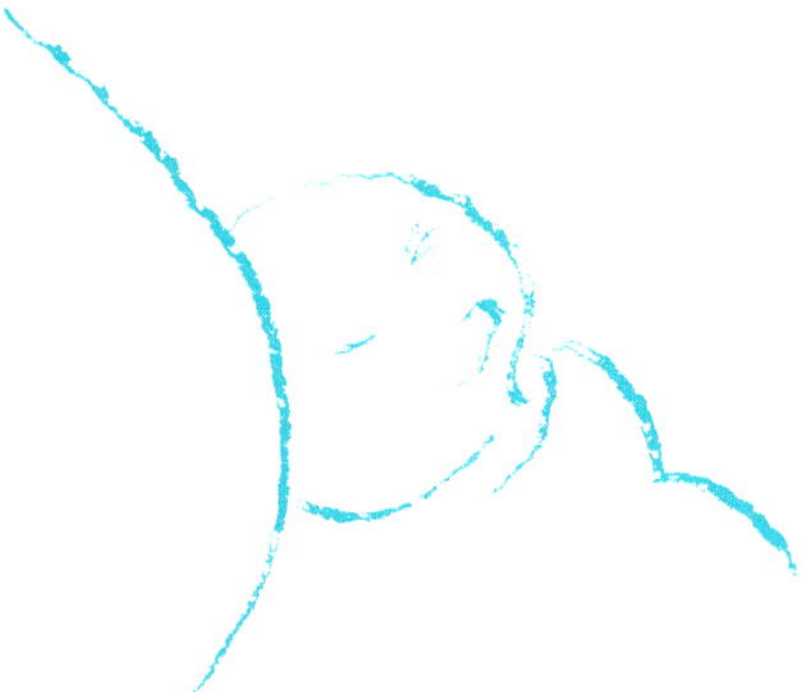

おちちが　一生けん命　とおって行く
それを考えると　ほほえんでしまう

そうして　おまえは
目をさますと
とても威勢よく　うなりながら
まず　分離された気体を
母にひっかける

生まれたばかりの赤ちゃんを育てるのはたいへんだ。お産がおわったばかりでヘトヘトなのに、赤ちゃんは、二、三時間置きにお乳を要求して泣きます。お母さんは、キレギレにしか眠れません。

次から次へ、気をつけなければならないことが起こってくる。お母さんは、そういう苦労もするから、いっそう子への愛情が深まるのです。

吉原幸子《よしはらさちこ》(一九三二~二〇〇二)のこの詩は、「あたらしいいのちに」という詩が先頭の連作詩の五番目に置かれたものです。Jは、こどもの名前の頭《かしら》文字でしょう。

お母さんは当然、この貴重な宝物の熱心な観察者です。そうなると、赤ちゃんは驚異そのもの。飲んだお乳が、ちいさ

なからだのなかをいっしょうけんめい流れていくさまを想像するだけでうれしい。

そのお乳は、液体と固体と気体に分離される、と吉原さんはいいます。液体と固体と気体だって？

気体はお母さんがひっかけられるんですから、これはオナラです。そうすると、あとはオシッコとウンコかな。血や肉になる、というのではなくて。

お母さんの詩人には、お乳が排泄《はいせつ》される三態が、おもしろかった。そう思うとぼくもニコニコしてしまいます。

11月

人を駅まで送りました。電車の発着時刻を知らせる電光ボードが遅れを示しています。無事に帰って下さい。

ふりむいて歩き出すと霧が湧き出してきました。これから、まっすぐ帰りたくありません。どうしましょう。

弟の日

伊藤　整

弟が死んでから一年目の日
きらきらと夕焼がして　いい晩になった。
妹はものを言うようになった甥《おい》をつれて来て
皆でおとむらいのような御馳走《ごちそう》を食べた。
小さな甥は家中を走って賑《にぎ》やかにした。
炉を囲んでの物語りがはずんだ。
末の弟はとうとう姉を言い負かし
妹は笑わぬようにして耳をすませ
父は聞いたり　見たりしていて幸福だった。

もうこのままで結構だった。
これ以上何も起きてはならなかった。
家の横を昔からの小川が淙々と流れ
ときどき帰りの遅い荷馬車が
橋を過ぎてゆく音がした。

みなさんには、兄弟姉妹がいますか？　少子化といわれているこの時代、もし兄さんや弟さんとハデにケンカができたら、それは幸せなことかもしれません。

伊藤整《せい》（一九〇五～六九）は北海道の村役場の書記の長男に生まれましたが、なんと十二人の兄弟姉妹の長男だったといいます。戦前は子沢山《だくさん》の家庭が多かったのですが、これはちょっとすごい。

そして昔は、こどもはよく早く亡くなりました。全員無事に育つ、というわけにはいかなかった。ぼくは三人兄弟の末弟ですが、長男は六歳で亡くなっています。

この詩は、亡弟の一周忌《き》で、実家にこどもたちが帰ってきて、亡き人を偲《しの》んでいる情景を描いたものです。一年後とも

なると、お嫁に行った姉さんのこどもまでが口を利《き》けるようになっていて、今や、うってかわってにぎやかな雰囲気、父親まで楽しそうです。

でも、詩人である青年は、〈これ以上何も起きてはならなかった〉と思います。せめて今しばらくは平穏であってほしい。父母にとっても兄弟姉妹にとっても……。

伊藤整は、詩人としてスタート、作家、文芸評論家としても大きな仕事を残しました。詩も、青春時代のかれのみずみずしい世界を残していて、とても魅力的です。

わらい

金子みすゞ

それはきれいな薔薇《ばら》いろで、
芥子《けし》つぶよりかちいさくて、
こぼれて土に落ちたとき、
ぱっと花火がはじけるように、
おおきな花がひらくのよ。

もしも泪《なみだ》がこぼれるように、
こんな笑いがこぼれたら、
どんなに、どんなに、きれいでしょう。

みなさんはどんな人が好きですか。何を言っても反応のない人、無表情で何を考えているかわからない人にはだれもが当惑《とうわく》すると思います。

昔見たフランス映画で、貧しい育ちの少女が、鶏《とり》の腿《もも》肉にかぶりつきながら、うれしそうに目を輝かせていた情景を、ぼくは今でも昨日のように思い出します。そのうれしがりかたが、その子のこれまでの生活の総《すべ》てを物語っていました。

金子みすゞ（一九〇三〜三〇）の「わらい」は、ぼくを驚かせました。バラ色のケシ粒よりちいさな粒子《りゅうし》が土に落ちた瞬間、花火がはじけるように爆発的に成長して大きな花になる。そういう笑いがあったらどんなにきれいだろう、といっている。

そういう笑いはある。そしてその笑いは、ながいあいだ希望でしかなかったものが、突然現実になったときの、強い喜びにちがいありません。人間には、そういうこともあり得るのではないか。

それにしても、これはなんというたとえだろう。この笑いの粒は、はじけるまえは涙と同じような粒らしいのです。つまり、悲しみが喜びに変わる幸運の瞬間でもあるのでしょう。

こんな詩を書いた金子みすゞは、優れた才能をもちながら失意のうちに自殺しました。まだ二十六歳でした。

私の猫

三好達治

わたしの猫はずいぶんと齢《とし》をとっているのだ
毛なみもよごれて日暮れの窓枠《まどわく》の上に
うつつなく消えゆく日影を惜しんでいるのだ
蛤《はまぐり》のような顔に糸をひいて
二つの眼がいつも眠っているのだ
わたしの猫はずいぶんと齢をとっているのだ
眠っている二つの眼から銀のような涙をながし
日が暮れて寒さのために眼がさめると
暗くなったあたりの風景に驚いて

自分の涙をみるくとまちがえて舐《な》めてしまうのだ
わたしの猫はずいぶんと齢をとっているのだ

イヌもネコも、ぼくは大好きだけれど、このところぼくのまわりは、イヌ優勢です。

夕方になるとりっぱな服装をしたご主人様といっしょにうれしそうにおサンポしているのは、みんなイヌだ。それにくらべてネコが、影が薄い。

イヌが栄えているので遠慮しているのでしょうか。

これは、三好達治（一九〇〇～六四）の若いころの作品ですが、ネコが好きだったんですね。きっと長いこと飼っていたんでしょう。

年老いたネコは、毛並みもばさばさになりますし、動くのも物憂《ものう》そう。

ハマグリのような顔をしているのは、年をとって顔が太っ

たからでしょう。よくそうなる。窓枠は日当たりがいいから、冬の居場所としては絶好です。

ぼくも、年をとってから、わけもなく涙がでるようになっています。涙腺《るいせん》がヘンになっているのでしょう。このネコもきっとそうだ。

その涙をなんと、ネコはミルクとまちがえて舐めてしまうんですね。

三好さんは心を痛めていますが、ぼくも、新鮮な牛乳をお皿にたっぷり入れてもっていってやりたくなりました。

ネコもイヌも寿命は長いとはいえない。昔飼っていて、今はもういないネコたちのことを懐かしく思い出します。

夜のパリ

ジャック・プレヴェール／小笠原豊樹訳

三本のマッチ　一本ずつ擦《す》る　夜のなか
はじめのはきみの顔をいちどきに見るため
つぎのはきみの目をみるため
最後のはきみのくちびるを見るため
残りのくらやみは今のすべてを想い出すため
きみを抱きしめながら。

だれかを好きになったら、どうしましょう。あなたはそのひとのことをいつも思うようになる。そのひとがいれば、すぐにそのひとがいる気配を感じるでしょう。

いないところにいるときは、その顔かたち、表情、しぐさ、からだつきなどを、一生懸命思い出そうとします。それはとてもうれしいことですから。

そして、恋人のすばらしさを、なおいっそう深く感じようとするでしょう。

ジャック・プレヴェール（一九〇〇〜七七）はパリっ子の詩人です。パリの学校へ行き、十五歳からこの町で働きました。

パリは恋する若者の町。プレヴェールのこの「夜のパリ」

は、そういう街頭のワンカットです。たった三本のマッチが演じるドラマ。この恋人たちは、もしかしたら、あまりお金なんかもっていないかもしれない。でも、この詩を読むと、七十二歳のぼくの胸も熱く、ドキドキします。恋にはマッチ三本あればいい！

ジャック・プレヴェールは、「天井桟敷《さじき》の人々」など、世界の映画史に残る数々の映画の台本作者です。また「枯葉」などたくさんのシャンソンの詩も書きました。一九四六年に出した詩集「ことば」は超ベストセラーになりました。才能と人気を兼ね備えた、すごい民衆派詩人です。

12月

夕方おそく、遠いところにいる年をとった女の人から林檎《りんご》の箱がつきました。

うすぐらいテーブルの上に、プロ野球のボールのようにがっしりしているのが、ふたつ、みっつ。あかるい台所からの光をうけて、それぞれ長い影を曳《ひ》きました。とてもさびしい。

これが地球としたら、これが月。

これが、土星……。

からからと鳴る日々

阪田寛夫

一月二月は
よかったが
三月の花
四月に散り
もの憂《う》い五月
なお六月
たくさんの日を
どうして埋《う》める？

七月積んで父のため
八月積んで母のため
そのはてにまだ
九月　十月
力なげにとぶ蝶々
十一月に
石をなげる
からからと鳴る
十二月

いよいよ、今年も十二月だ。この詩の鑑賞シリーズが読売新聞に連載された二〇〇五年は、ぼくにはなかなかタイヘンな年でした。七十歳になってしまった年でもあった。人生のなかに、七十歳になる年は、ひとつしかない。あたりまえだけれど。

阪田寛夫《さかたひろお》（一九二五〜二〇〇五）さんのこの詩の年には、いったい何があったのか。

一月二月はけっこうだったようですけれど、そのあとはひどいや。前半は、ちょっとウツぎみですが、後半に入ると賽《さい》の河原《かわら》だ。死んだこどもが父母の供養《くよう》のために、石を積んでいると、鬼がやってきてその石積みの塔をこわしていくという、あれです。

九月十月には、飛ぶチョウも力無《な》げで、やけになって投げ飛ばした石が十二月にあたってカラカラと鳴る。師走《しわす》の乾燥した寒さが身にしみます。こういう一年は長い。

それがかくも軽快に語られていく、というところに、阪田さんの味があります。ワハハと笑っているうちに一年が過ぎてしまいます。それでけっこうだよ、と詩人はいっているのかな。

「サッちゃん」などの童謡でみんなに愛されている阪田さん。この詩など読むと、幾度かお目にかかったときの、さりげなく深い人柄を思い出します。

花であること

石原吉郎

花であることでしか
拮抗《きっこう》できない外部というものが
なければならぬ
花へおしかぶさる重みを
花のかたちのまま
おしかえす
そのとき花であることは
もはや　ひとつの宣言である
ひとつの花でしか

ありえぬ日々をこえて
花でしかついにありえぬために
花の周辺は的確にめざめ
花の輪郭《りんかく》は
鋼鉄《こうてつ》のようでなければならぬ

花を買ってきて、花瓶《かびん》に挿《さ》します。けれども、いつまでも美しくあるわけではない。丁寧《ていねい》に水をかえても、結局しおれてしまう。何かが無神経にぶつかったりしたら、折れ、砕《くだ》け散る。

それが花の美しさを支えている、ともいえます。しかし、石原吉郎《いしはらよしろう》（一九一五〜七七）は、花はそんなやわな存在であるべきでないと主張します。

花には当然、外側からさまざまな力が加えられる。だが〈花へおしかぶさる重みを　花のかたちのまま　おしかえす〉ものでなければならない。

ついで石原さんは、〈花であることは　ひとつの宣言である〉という。花はこのとき、人間精神の比喩《ひゆ》であることがわ

かります。

それは本来頑強なものではないが、そのしなやかさを失わないで、圧力に対して強靱《きょうじん》であり、精神として機能をするものでなければならない、というのです。

さらにかれは、花の属性・特性を積極的に受け入れそれに目覚めよといっています。

石原さんは、第二次大戦後シベリアで強制労働に従事させられた若い兵士でした。その体験がこだましている作品だと思いますが、現代の人間もまた、他人事とは思われないでしょう。

はだか

谷川俊太郎

ひとりでるすばんをしていたひるま
きゅうにはだかになりたくなった
あたまからふくをぬいで
したぎもぬいでぱんてぃもぬいで
くつしたもぬいだ
よるおふろにはいるときとぜんぜんちがう
すごくむねがどきどきして
さむくないのにうでとももに
さむいぼがたっている

ぬいだふくがあしもとでいきものみたい
わたしのからだのにおいが
もわっとのぼってくる
おなかをみるとすべすべと
どこまでもつづいている
おひさまがあたっていてもえるようだ
じぶんのからだにさわるのがこわい
わたしはじめんにかじりつきたい
わたしはそらにとけていってしまいたい

人間は、生まれ落ちるとすぐに産着《うぶぎ》を着せられます。それからずっと、何かを着て生きていきます。

他のけものとちがって、人間は、毛皮でおおわれていません。それは人類が、熱帯地方で発生したからでしょうか。スッポンポンのはだかでは無防備すぎるよ、と人間はイチジクのハッパでかくしたりした。少なくとも日本では、何かを着ないと、冬は寒くてたいへんだ。

谷川《たにかわ》俊太郎《しゅんたろう》（一九三一〜）の「はだか」は、自分の肉体にびっくりしているこどもの告白です。

お風呂にはいるときにははだかになるが、それはからだをきれいにするという目的のためです。しかしひとりになっているとき、ふと、はだかになってみたくなったら、たちまち

そのむきだしになった、他人に見られているからだを意識するよりありません。

それってすごい。そこで詩の主人公は、もっと戦慄《せんりつ》的な感覚をあじわいます。〈わたしのからだのにおいが　もわっとのぼってくる〉〈おひさまがあたっていてもえるようだ〉といっています。

主人公は幼い女の子でしょうが、きっと谷川さん自身の奥にもえている、いきもののセクシュアルな妖《あや》しい感覚が、そのからだを媒体《ばいたい》にして結晶《けっしょう》したのでしょう。

あなたにも、思い当たるものが、ありませんか？

歳末閑居

井伏鱒二

ながい梯子《はしご》を廂《ひさし》にかけ
拙者はのろのろと屋根にのぼる
冷たいが棟瓦にまたがると
こりや甚だ眺めがよい

ところで今日は暮の三十日
ままよ大胆いつぷくしてゐると
平野屋は霜《しも》どけの路を来て
今日も留守だねと帰つて行く

拙者はのろのろと屋根から降り
梯子を部屋の窓にのせる
これぞシーソーみたいな設備かな
子供を相手に拙者シーソーをする

どこに行つて来たと拙者は子供にきく
母ちやんとそこを歩いて来たといふ
凍えるやうに寒かつたかときけば
凍えるやうに寒かつたといふ

暮れは、なぜかみんな忙しい。「とても今年は越せそうにない」なんてぼやきながらかけずりまわっていても、時がたつとチャーンとお正月がやってきます。シンパイ不要。井伏鱒二《いぶせますじ》（一八九八～一九九三）の「歳末閑居」は、まことにのんびりした詩だ。お正月前には、小説家は原稿で追いかけられるものですが、それも終わると、さあ今年はもう何もすることがない。

小説家にかぎらず、年末にはそういうポカリとした、何だかとても静かな時間というものができたりするものです。

まだ四十前の井伏さん、それで屋根に上って棟瓦にまたがってあっちこっちを眺めたりしていると、近所の酒屋の平野屋さんが留守とまちがって帰ってしまったり（借金とりたて

だったかな？）、あげくのはてに、窓枠をつかってこどもとシーソーをしたりする。

こういうことは、たとえヒマでもだれでもがやることではありません。井伏さんだとまことに自然で、いかにも平和な歳末になるのが、おもしろい。

井伏さんは「山椒魚《さんしょううお》」や「黒い雨」などでよく知られている小説家。しかし残っている七十篇の詩も、とぼけた味で愛読されています。

1月

ホットケーキを焼くことにしました。ガスのトロ火で辛抱《しんぼう》強くやると、すばらしいキツネ色の肌に焼ける。そのいろを見たいので。

夢中になると、いつのまにか口をあけてしまうのがくせらしい。それではっ、とすると今度はひきしめてしまうので、自分ではなかなか口をあけている自分を感じとることができないのだけれど。

紹介

吉野　弘

一歳です
おいた、します
おなか、空きます
おっぱい、たっぷり飲みます
お通じ、あります
よく眠ります
夜泣き、しません
寝起き、ご機嫌です
固太《かたぶと》りです

ダイエット、まだです
女性です
柔肌です
おしめ、まだ取れません

お正月です。おめでたい時期だから、出発する赤ちゃんの詩。

ぼくは助産婦（助産師）の家系の子なので、どこかの家でお七夜《しちゃ》（生まれて七日めのお祝い）になると、お礼といっしょにもってきてくれたお赤飯を思い出します。

お礼はもちろん、助産婦である伯母のふところに入りますが、お重のお赤飯はそのままおヒツにあけられますので、助手さんたちはもちろん、居合わせたぼくたちも、勝手に食べることができます。おヒツのなかに、四角いかっこうをしたお赤飯（重箱をひっくりかえしたから）が、重なって入っている、なんてこともありました。

今はみんな病院で赤ちゃんを生みます。が、ぼくの若いこ

ろはみんな助産婦さんに家に来てもらって生んだのです。助産婦の家は、いつも明るくおめでたいのでした。

吉野弘（一九二六〜）のこの詩は、赤ちゃんの自己紹介。生まれてきた世の中に向かって、現状の報告をしているところです。元気ですくすく育っていることがわかりますが、突然〈ダイエット〉なんて言葉が出てくる。

おやっと思っていると、女の子だとわかる仕掛け。吉野さんが茶目っ気をだしているんです。やがてはお淑《しと》やかな娘さんになるんでしょう。もしかして、吉野さんのお孫さん？

雪の大山

井川博年

山は麓《ふもと》まで雪につつまれ
朝のひかりをあびて一面に輝きをましている
稜線《りょうせん》の一つ一つに陰影がつき
麓の木の一本一本までが見分けられる
頂きを煙のように雲が横切る
「今日の大山《だいせん》はまた一段といいですな………」
伯備線《はくびせん》の乗客が口々に山の話をし始める
ぼくは年をとり病んでいる父のことを思う
寝床のなかの

細くなった手となつかしげな眼のまたたきを思う
いっしんに山を見つづける
山を見ることでひとの世を忘れんと思う
汽車の窓が湯気でくもると
指で大きく山の線を描く
その線をすかしてまた山を見る。

大山はカンロクのある山だ。数十年前、鳥取の皆生《かいけ》温泉にいったとき、ぼくは車で山の途中まで連れて行ってもらったことがあります。まだ上の方に雪が残っていてスッと寒くなり、標高は千七百メートルを越えるぐらいなのに、ドキッとするような大きさを感じ、驚きました。昔から信仰の山だったこともうなずけました。

そののち友人から、大山に舞うチョウの写真集をもらい、夏に行けば、豊かで多彩な生物たちにも出会えると知りました。

井川博年《いがわひろとし》（一九四〇〜）は、四歳から、島根県の松江で育った詩人です。その後故郷を離れて、働きながら詩を書いてきました。

伯備線は、鳥取県の米子から岡山県の倉敷まで中国地方を縦断する鉄道です。そのとき大山の脇を通ります。大山はこのあたりの人たちにとって、地域の象徴のような役割をもっています。

積雪にすっぽりと覆われた大山。詩人は、今故郷の松江に病んだ父親を見舞ってきたところでしょう。

人生には避けられぬ悲しみも待っています。両親の老いと別れもそのひとつです。それはわかっているけれど、辛さは辛さです。詩人は、朝日に輝く大山を凝視します。さらにガラス窓に指でその輪郭を描きます。この詩人らしい感情の突出を感じさせる終行です。

ジーンズ

高橋順子

ジーンズを洗って干した
遊びが好きな物っていいな
主《ぬし》なんか放っといて歩いていってしまいそう
元気をおだしってジーンズのお尻が言ってるよ
このジーンズは
川のほとりに立っていたこともあるし
明けがたの石段に坐っていたこともある
瑠《る》璃《り》色が好きなジーンズだ
だから乾いたら

また遊びにつれてってくれるさ
あいつが　じゃなくて
ジーンズがさ
海にだって　大草原にだって
きっと

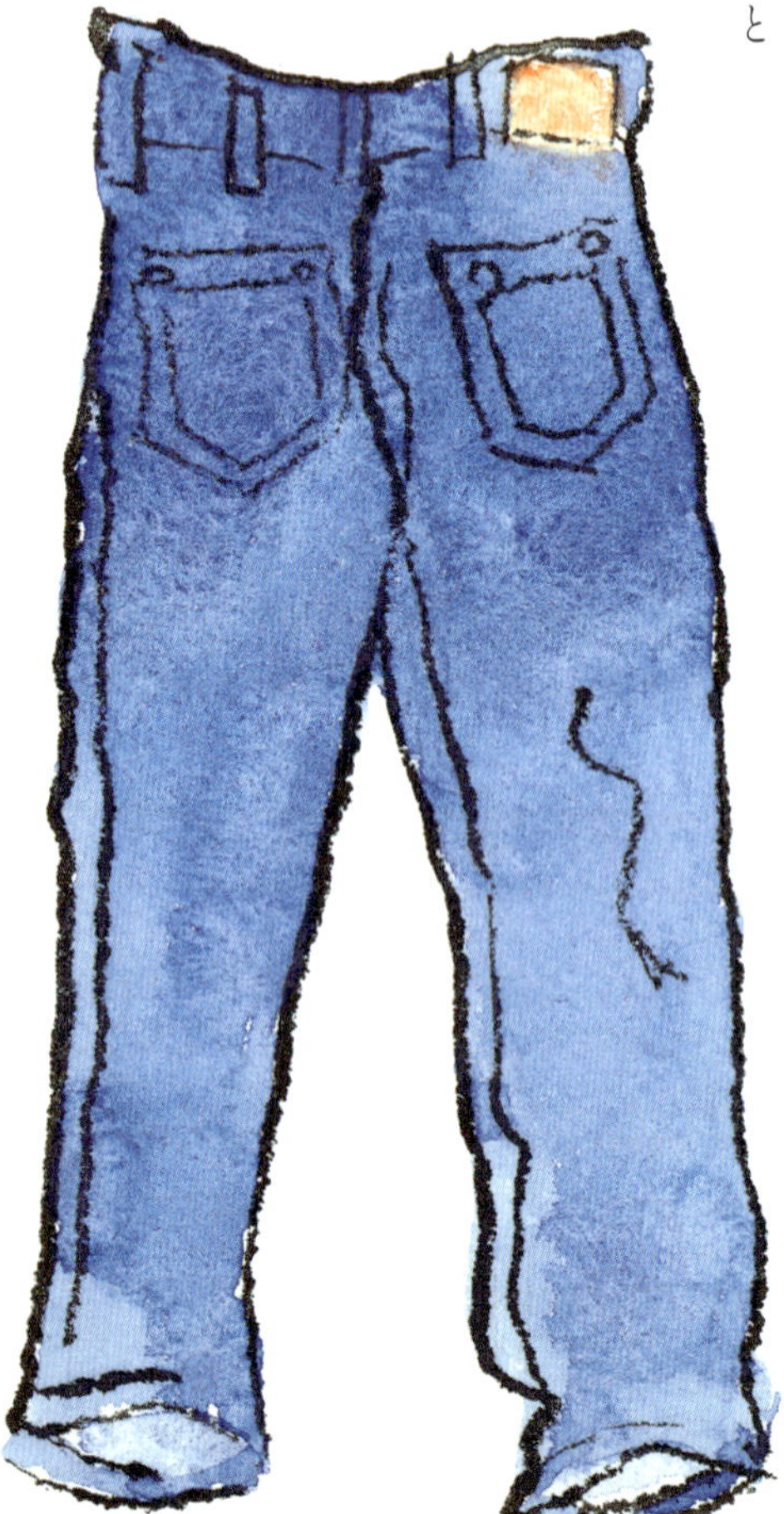

ジーンズを日本人が履《は》きだしたのは、ぼくが二十代だったころだから、もうずいぶん昔だ。コットンのヤボな藍《あい》色の作業ズボンが最初で、アメリカから入ってきました。

労働着だからどんなに乱暴をしてもダイジョーブ。だからじき、みんながはくようになった。

女性にも愛されるとわかったとたん、たちまちファッション化して、水兵さんのズボンのようにラッパ形にすそが開いたのがでて、これがベルボトム。デニムというのも同じようなジョーブなコットン地で、ぼくには、よく区別がつかないけれど、これの上下のスーツを着用して結婚式の花婿《はなむこ》になった友人もいました。

高橋順子（一九四四〜）さんもどうやらジーンズの愛用

者。ジーンズだから、少々のことではへこたれない。泥を塗られるようなことがあっても、ジャバジャバ洗って干しておけば、すぐもとの陽気なムード。そのお尻が「元気をおだし」なんて、ご主人の順子さんにハッパまでかけてしまいそう。

いっしょに遊んだり、いたずらをしたりするには、気の置けない相手がいい。高橋さんの相棒は、その点申し分ありませんが、瑠璃色が好きで、明けがたの石段に坐っていたりするところは、さすがは女性詩人のパートナー。

すっかり乾いたら、さて二人は何をする。それがとても知りたくなる、心弾む楽しい詩。

ひなたぼっこ

こねずみしゅん（工藤直子）

でっかい　うちゅうの　なかから
ちっぽけな　こねずみ　いっぴき
みつけだして
おでこから　しっぽのさきまで
あたためて　くれるのね
・・・・・
おひさま
ぼく
どきどきするほど　うれしい

野原には、いろいろな動物が住んでいます。草もはえているし、雲だって浮かんでいる。こがらしだって吹いています。工藤直子（一九三五〜）さんは、楽しい童謡の名手です。彼女の童謡シリーズ「のはらうた」は、野原にいるそういう生きものや自然現象たちが、それぞれみんな詩人で、その連中がそれぞれの自分の立場から詩を書いてみせるという、なかなかユニークな趣向でつくられています。

この詩で自分のうたをうたうのは、こねずみのしゅんくん。冬は寒かったから、ずっとしゅんくんはちぢかんで生きていたのかもしれない。

それが、ポカポカしたあたたかいお日さまが、やさしくあたためてくれました。こねずみはうれしかったんです。

もちろんこねずみはかわいらしい生きものです。ぼくだって手のひらにのせてかわいがってみたい。でもしゅんくんにしてみれば、自分はあまり大事に思ってもらえるようなものじゃないって思いこんでいたでしょう。

でもお日さまがじわっとあたためてくれたときは、みすてられていなかった。この世に自分のようなもののことを考えてくれている者がいるのだ、というよろこび。

工藤さんは元気にあかるい詩人ですが、作品はよく考えられていて、神経がいきとどいたしっかりした作品をつくります。いつもその態度は一貫しています。

2月

だれかが置いていた尺八《しゃくはち》。おもしろ半分に吹いてみましたが、すこすこだけで、ちっとも鳴らない。ほら。ほら。

いっしょうけんめい、すこ、すこ、すこ、すこ。尺八は音を出すだけで大変だ。鳴るわけないよ。

すこ、すこ、すこ。

と、とつぜん、すごく高い、女の人の悲鳴のような、ピーッという音が出ました。

びくっ。

しかし、また、すこ、すこ、すこ。

稽古

広部英一

朝　娘は
家中で　いちばん早く起きる
土間へおりる
野良着の帯を
きりりとしめる
汚れたむつきの籠《かご》を
いいつけられてではなく
片手に持って
霧のふかい外へでる

柳の木のところ
小川のふちにしゃがむ
むつきを川の水に落し
その布のはじを
指先でつまんで　ゆらゆらと
水中にゆるがせる
まだ誰も居ない
この時間をえらんで　娘は
むつきの洗濯の稽古《けいこ》をする

お嫁に行く、というのはどういう気持ちがするものか、男性であるぼくには、ひとつはっきりわからないところがあります。苗字《みょうじ》が変わる、というようなことにも心を轟《とどろ》かせたということを、あるオバさんから聞いたことがありますが、これから結婚するという娘さんには、いつの時代にも未知の生活がそこから発展していく、という期待と不安が、あることでしょう。

広部英一《ひろべえいいち》（一九三一～二〇〇四）は、日本海に面する福井で生涯をすごした詩人です。その風土に根ざした詩を、澄《す》んだ言葉で書き続けました。

いよいよそのうち、お嫁さんに行く農家の娘さん。行けばやがて赤ちゃんを産むでしょう。どんな赤ちゃんが生まれる

でしょうか。どんなふうに面倒をみてやったらいいでしょうか。

むつき（オムツ）の洗濯なんて、普通に考えたらタイヘンな仕事です。でもこの娘には、これから生まれる自分の赤ちゃんのことを想像するとオムツを洗うのはとても楽しいことだ。だから今から、稽古して、幸福を先取りしたい……。

「稽古」は、一九六二〜六三年ごろ書かれた『鷺《さぎ》』という詩集のなかの一篇。少子化なんてさわがれている現代ですが、四十年前の農村には、結婚や出産のよろこびが素直に生きていました。

自然な心の躍動が、美しい一枚の絵となって定着されている作品です。

微風

伊藤桂一

掌《て》にうける
早春の
陽ざしほどの生甲斐でも
ひとは生きられる

素朴な
微風のように
私は生きたいと願う
あなたを失う日がきたとしても

誰をうらみもすまい
微風となって渡ってゆける樹木の岸を
さよなら
さよなら
と　こっそり泣いて行くだけだ

若いころぼくは、生きていくことは、何かを得ていく過程だと、思っていました。母子家庭の子でしたから、失うものはビンボーだけだったのです。勤めも部屋も奥さんもこどもも欲しい！

たしかに今のぼくには、住む部屋も家族もあります。でも七十二歳になった今、振り返って見ると、それは失っていく過程でもあった、と感じます。中国から引揚《ひきあ》げてきた時の家族は、もうぼくだけになりました。少年時代にもっていた夢は、それなりに実ったものもないではないけれど、大部分は消え去りました。

生きて行くという過程は、喜びももたらしますが、より多くの労苦や悲しみをもたらします。長く生きると、人は謙虚

にならざるを得ません。

伊藤桂一（一九一七〜）は、兵士として中国で青春を生きざるをえなかった、という運命の詩人、作家です。

それがどのような人生だったか、ぼくは、かれの書いたものからわずかに覗《のぞ》き見たことがあるにすぎません。

しかし、この詩はぼくの共感を誘います。それは、時に洗われた〈生の根〉ともいうべきものが露出しているからです。そして、なお困難にひるまない強い姿勢が秘められているからです。

早春

草野心平

苔石《こけいし》に水をかければ。
水ぬるみ。
畑径《みち》にたてば。
空気ゆるみ。
オオイヌノフグリの薄いコバルト。
ホトケノザの紫も咲き。
タイトゴメのちびた黄の葉も色艶《いろつや》をまし。
すべっこいスベリヒユの横匐《ば》いもはじまってる。
小松菜やちりめん高菜は冬を越し。

遅蒔《ま》きの空豆《そらまめ》や莢豌豆《さやえんどう》もしゅんとしている。
水ぬるみ。
空気ゆるみ。
蝶蝶雲とも呼ばれる片積雲が。
ゆっくりゆっくり。
北に向って流れている。

春が来るっているのは、だれにとってもいいものです。若いころのぼくは、冬の、ピンとはりつめたところが好きでしたが、それでも春が来るとなると、またうれしかった。温《あたた》かくなると心身ともに活発になる。冬はその準備。それがいよいよ動き出すということだったのか。

「早春」は、田園に立つ詩人の感じた世界です。そこでは水も空気も寒さの縛《しば》りからようやく解かれています。オオイヌノフグリの青い小さな花は、早春そのものです。ホトケノザの紫の花も、つつましい春の花飾りです。

しかし草野心平（一九〇三～八八）は、ほかの雑草のことも、畑に出来る作物の状態をも、見逃しません。タイトゴメ（大唐米）もチリメンタカナもソラマメやサヤエンドウも、

それぞれの段階で春を迎えているのです。そして雲は、春が進むように悠々《ゆうゆう》と流れていきます。

心平さんは、福島県の上小川村（現いわき市）に生まれ、十六歳までそこで育ちました。ここには、その故郷の春の感触が入っているかもしれません。

去年の暮れにスーパーマーケットへいったら、濃い緑の、葉肉の厚いコマツナが積んでありました。あれは、冬を越すとここで書かれているコマツナの姿だったのか。なるほど。

小さな靴

高田敏子

小さな靴が玄関においてある
満二歳になる英子の靴だ
忘れて行ったまま二カ月ほどが過ぎていて
英子の足にはもう合わない
子供はそうして次々に
新しい靴にはきかえてゆく

おとなの　疲れた靴ばかりのならぶ玄関に
小さな靴は　おいてある
花を飾るより　ずっと明るい

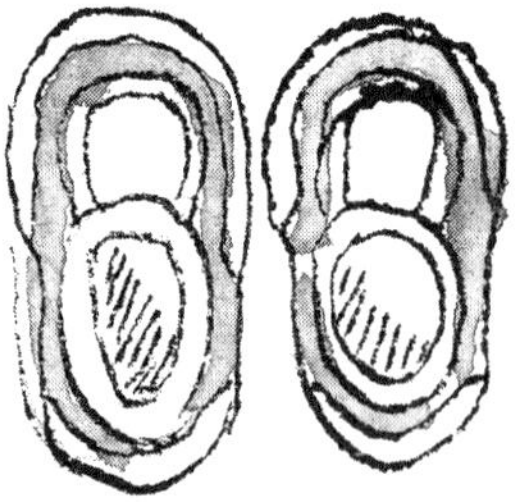

ぼくは男の子ばかりの末っ子でしたから、いつも、兄のお下がりでした。ランドセルも、セーターも、ときには教科書も。

貧しかったから、仕方ない。けれども兄の方は新品をドンドンおろして使うのに、なんだかヘンだ。

高田敏子（一九一四〜八九）のこの詩に登場する英子ちゃんは二歳。こどもは遠慮《えんりょ》会釈《えしゃく》なく背が伸びたり太ったりするから、タイヘンだ。この子は多分、高田さんのお孫さんで、遊びに来たときどういうわけか、靴を忘れていってしまったんですね。

それからまだ二か月しかたっていないのに、その靴を見て、高田さんは、〈もうあの子ははけない。足が大きくなっ

てしまったから〉と判定します。それほど、こどもの成長はめざましい。

なんてたのもしい。血縁の者はうれしいです。おばあちゃんはあたらしい靴を買ってやりたくてたまらないでしょう。〈花を飾るより　ずっと明るい〉という最終行は、ぼくには高田さんが若い命をもらった、という熱いものを感じます。若い命と年をとった命はこうして力を合わせて生きて行くのでしょう。

「いつまでも靴がへらないのよ」

いっぽうぼくの母はしばしばそういって嘆きました。ぼくは、いつも病院暮らしをしている子でしたから。母さん、ごめんなさい。

3月

頭痛がします。白い錠剤《じょうざい》を二粒のみました。夜あけにふとんをけとばしたからでしょうか。なんだか、へんに、あたたかい夜だったから。隣《とな》りの家のお嬢さんが「貴婦人の乗馬」をひいています。毎日のことですが、なかなかうまくならない。目をとじて、すこしずつ、からだの力をぬいていきます。

未確認飛行物体

入沢康夫

薬《や》罐《かん》だって、
空を飛ばないとはかぎらない。

水のいっぱい入った薬罐が
夜ごと、こっそり台所をぬけ出し、
町の上を、
畑の上を、また、つぎの町の上を
心もち身をかしげて、
一生けんめいに飛んで行く。

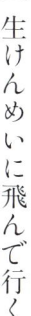

天の河の下、渡りの雁の列の下、
人工衛星の弧《こ》の下を、
息せき切って、飛んで、飛んで、
（でももちろん、そんなに早かないんだ）
そのあげく、
砂漠のまん中に一輪咲いた淋しい花、
大好きなその白い花に、
水をみんなやって戻って来る。

未確認飛行物体（ＵＦＯ）の存在が語られだしたのは、ぼくがまだ小学生だった大戦直後のことだから、ずいぶん昔のことだ。

そのころは〈空飛ぶ円盤〉といいましたが、写された写真や絵ではお皿の内側同士を合わせた二枚重ねの形でした。

宇宙人がそれに乗ってやってきたといいます。ホントウだろうか。いまでも、存在を信じる人は信じている。ぼくは信じませんが、もし存在したら、と思うと胸がトキメクことでは同じです。

さて、この入沢康夫《いりさわやすお》（一九三一〜）の未確認飛行物体、これはユカイ。ＵＦＯは、どこの星のものでも、文明の粋《すい》の結晶であるはず。でも、入沢さんのは、水の入ったヤカンなん

です。

天の川の下を、志高く飛んで行くのですが、なにしろヤカンの身です。ちょっとからだをかしげなくては、水がコボレちゃうよね。息せき切ってがんばっても、あえぎあえぎノロノロいくよりないというわけです。

そんなに苦労して、したことといえば、砂漠の寂しい白い花に水をやってかえってきただけ。

ハハハ。入沢さんが笑っているのが聞こえてくるようだ。一生けんめいがんばって、このくらいできれば上出来、上出来。

現代詩の最先端をいく、入沢さんのペン先からこぼれたような詩です。

春野

池井昌樹

こまぎれのスキヤキかこんで
みんないっしょにテレビみて
ひをけしてねた
よるおそく
なごりおしくて
ひとこえおいとよびかければ
ややあって
あちらこちらでこたえがある
ねむそうなこえ

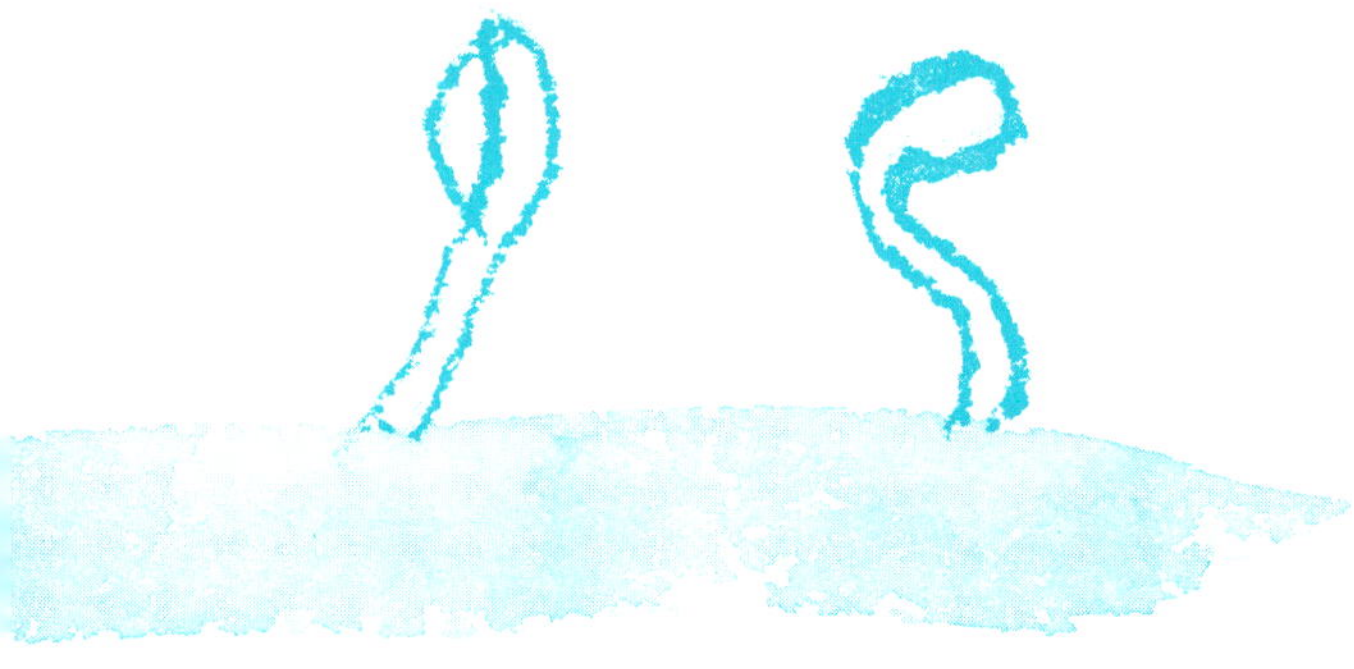

またそうでもないこえがする
いいもんだなあ
あなたこなたで
萌芽《ほうが》する
なもないのばな
はるののようにあかるいよふけを
ゆくもの
くるもの
ひとつやみのなか

三十歳のころ、ぼくが勤め先から十万円を僅《わず》かに越えるボーナスをはじめてもらって、家に帰ってきたとき、少し酔っ払っていたぼくは金を家内にわたして、すぐに寝てしまいました。

家内は、はじめて十万円を手にして、スヤスヤ平和に眠っているぼくを見て幸福だったといいましたが、一方で、どうしてこの人は、わたしなどにこの大金を渡して平気で眠っているんだろうと思った、ともいっていました。なるほど、そういえば夫婦なんて、もとはまったくの赤の他人だ。

池井昌樹（一九五三〜）のこの詩は、スキヤキを食べるような寒さが残っている春の一夜の家族の詩です。池井さんには二人のお子さんがいらして、かれはその家長。

この家長は、寝についてもまだ、コマギレの肉のスキヤキをみんなでつついた楽しい晩の余韻《よいん》を消すことが出来なくて、思わずもう眠っているはずの家族に「おい」と声をかけてしまいます。

すると眠いやつもまだそれほどでもないやつも、返事をしてくるのですね。ぼくは、ここでとてもまいっちゃった。名もない野花たちというのか、若い家族が、慎《つつ》ましく同時にしっかり共に生きている。胸がつまってくるような感動です。

春

山村暮鳥

なぎさで網《あみ》を引いている
みろ、のんきそうにひいているではないか
おとこたちがひいている
おんなたちもひいている
こどもらもそれにまじって
みんなでひいている
ぼんやりとねむそうだな
網はみえない
おい、網を引いているのかい

海を
つなで
ながいつなで
ひきよせているようにみえるな
ゆめのなかで、おい
蒼空《あおぞら》のような海を
ひきよせているようにみえるな

「春の海」という宮城道雄の名曲があります。尺八と箏《こと》の合奏ですが、出だしのところはほんとうにのどかだ。この春の海状態を「ひねもすのたりのたりかな」とやった俳人は、江戸時代の巨匠蕪村《ぶそん》です。

ぼくは三浦半島の相模湾沿いの漁港に住んでいたことがありますが、春になるとよく小さな湾がえぐれるように潮が引きました。海岸べりには、取立てのわかめがいっせいに干してあって、ああ、春だなあ、と思いました。

山村暮鳥《やまむらぼちょう》（一八八四〜一九二四）の「春」の海も、やはりのどかだ。これは地引網をひいて、お魚をとっている漁村の人々の労働風景。網はだんだんしぼられていって、やがて暴れている魚たちの様子が見えてくるでしょう。

でも、今はまだ、その前でゆっくり上げられている、あまりはっきりは見えない網は、あたかも海をひきよせているとと詩人に感じられます。

地引網を引くという平和きわまりない風景が、もっと大きな世界とかかわっているという予感は、「国引き」といった説話を連想したからでしょうか。キリスト教の牧師さんでもあった暮鳥だからでしょうか。静かな驚きをもたらしてくる詩です。

喜び

高見　順

うんこが出た
はじめ固く
あとやわらかく快く

おマルにまたがり
僕は幸福だ
僕は起きて　うんこができるのだ
ただただ　うんこをすることに専念する

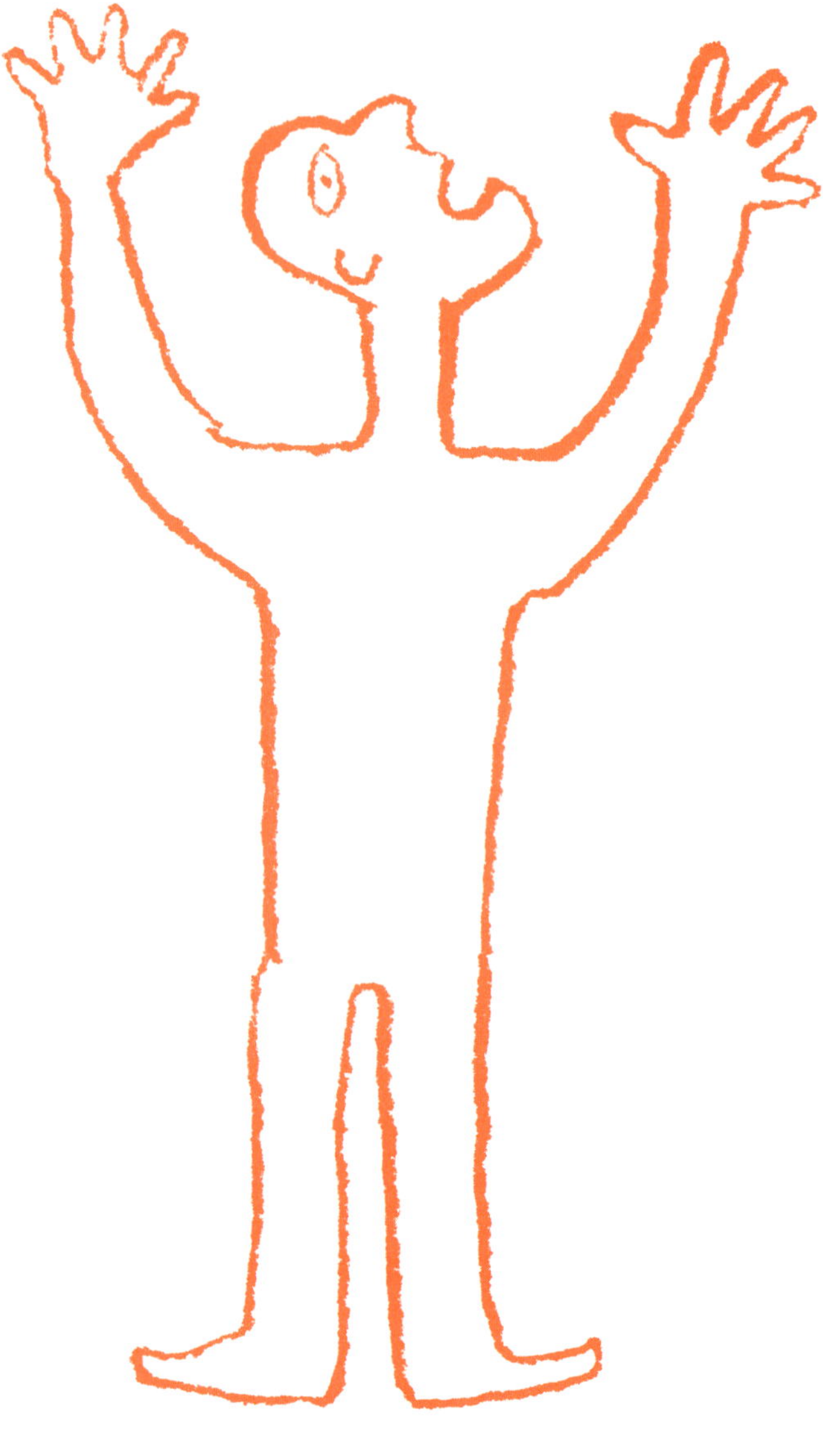

小説の筋を考えながら　うんこをしない
新聞を読みながら　うんこをしない

病気の回復期の詩です。

若いころ、ぼくはお腹《なか》の手術をしたことがあります。手術は成功したのですが、なかなか初貫通してくれない。食べるものは食べられるので、お腹は膨《ふく》れます。でも、出ようとしない。やっと一週間。バンザーイ。出ました。それもドーンと豪気にでました。

作家・詩人の高見順（一九〇七〜六五）もこのとき、よみがえりの喜びを、深く、深く、味わったのです。小説の筋書きなんてという、小説家にとって最も重要大事なこともそっちのけ。〈うんこさま〉ご来訪で頭がいっぱいだ。

生きていける。これほど大事なことはない。ここの高見さんは生のもっとも基盤的なレベルで幸福そのものです。人

間、飾りをひっぱがしたらここへきます。

春。進学、卒業、就職の季節です。あなたは、どんな春を迎えていますか？　うまく行っていることを願うばかりですが、なかには悲しい思いをしている人もいるかもしれない。

元気のない人は、この詩を読んでください。生きているって、あなたはあたりまえって思っていたりしませんか。そう思うと、いろいろ自他への不平や不満が出てきます。

生んでいただいた、育ってきた、今、生きている。こんな貴重なことがあるでしょうか。高見さんは生涯、傷つきながら人生と不屈の戦いをつづけた作家・詩人でした。

桜

杉山平一

毎日の仕事の疲れや悲しみから
救われるよう
日曜日みんなはお花見に行く
やさしい風は汽車のようにやってきて
みんなの疲れた心を運んでは過ぎる
みんなが心に握っている桃色の三等切符を
神様はしづかにお切りになる
ごらん　はら〳〵と花びらが散る

ぼくの住んでいる鎌倉の、二〇〇五年のサクラは見事でした。とくに町の中央を貫く若宮大路のサクラのトンネルはすばらしかった。道は見物の人と車でぎっしり埋まり、夜になるとテーブルも出されてお店の連中まで酒宴をはじめるという賑《にぎ》わいが、つづきました。

ぼくも笑いさざめく人波にもまれながら、夜空に映えるソメイヨシノの輝きを味わいました。

日本人はホントウにサクラが好きだ。みんな、満開のサクラとともにいることを、ゾクゾクしながらよろこんでいる。

杉山平一（一九一四〜）の詩は、日曜日にお花見に行くひとたちの気持ちを思って書かれています。日常の仕事の労苦から逃れ、春を告げる花に心を癒《い》やされる喜びが、しみじみ

と伝わってきます。

三等切符は、鉄道の旅が三段階に分かれていた時代のもの（今はグリーン車と一般車）で、民衆はみな三等に乗りました。サクラは、だれでもがその恵みを受けることが出来る桃色の三等切符です。

なんとしゃれた終わりかた。

この年の冬、日本海側はとくに雪もひどく、関東地方でも十二月のうちから厳しい寒さがやってきました。暖冬がつづいていたので、よけいに寒かったです。

これを書いている今は、季節がぐんぐん動き出している楽しい予感のうちにいます。さあどんなサクラの春がくるでしょう。

あとがき

詩は文学のなかでも、王であるといわれます。少年のころのぼくは、美しいことばで、りっぱなことが書かれているものと思い、詩を尊敬しました。

けれど詩がつかっていることばは、そもそも実用的なもので、人が生きていくときに必要でできあがったものだ。だから、あらあらしいののしりの言葉や相手をさげすんだ言葉だってあるし、辞書にのせられないような言葉もあります。ことばはながいあいだ血と汗にまみれて使われてきました。

詩は、そういうことばを忌避《きひ》して、きれいな言葉だけで書かれるものでしょうか。そうではありません。生活のなかで

使われてきたことばには、どれも人間のすべてがこもっています。詩人は、自分の心に沿《そ》って必要なことばを、そのすべてのなかからえらんで、自分の世界を組みたてます。そのとき、詩人は、人間の深さや世界の深さに入っていくことができ、それを読むことで、ぼくたちは未知の世界を知ることができます。

この詩集では、なによりも言葉が生きている！と感じられるような詩を集めてみました。その世界を味わい、楽しんでください。これは、二〇〇五年四月から六年三月まで、読売新聞で若い人たちのために「三木卓さんと詩を読もう」というタイトルで連載されたものが中心になってできました。

編者

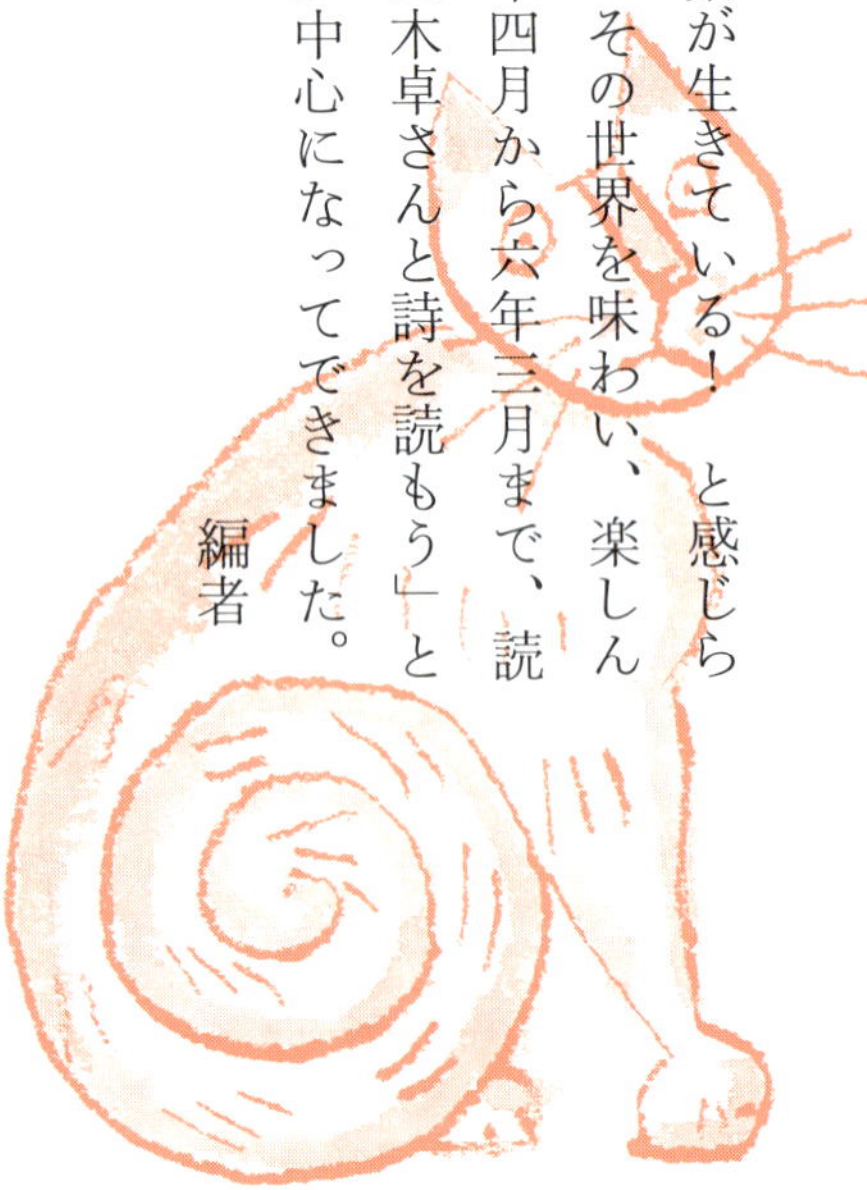

作品出典

「春と赤ン坊」………吉田凞生編『中原中也全詩歌集』（講談社文芸文庫）
「海はまだ」………『続・大岡信詩集』（思潮社）
「笑いの歌」………『ブレイク詩集』（平凡社ライブラリー）
「葱」………『辻征夫詩集成』（書肆山田）
「母の声」………昭和文学全集第35巻『昭和詩歌集』（小学館）
「風にのる智恵子」………『智恵子抄』（新潮文庫）
「白帆」………西脇順三郎・浅野晃・神保光太郎編『名訳詩集』（白凰社）
「初めて子供を」………『日本の詩歌13』（中公文庫）
「六月」………『見えない配達夫』（童話屋）
「かなしみ」………「現代詩手帖特集版・石垣りん」二〇〇五年五月刊（思潮社）
「雨ふれば」………伊藤英治編『まど・みちお全詩集』（理論社）
「飛行機」………大岡信編『啄木詩集』（岩波文庫）
「僕はまるでちがって」………『黒田三郎詩集』（思潮社）
「ソネット 18」………『シェイクスピアのソネット』（文春文庫）
「空のすべり台」………『新編・ぼくは12歳』（ちくま文庫）
「お花畠」………串田孫一・田中清光編『山の詩集』（筑摩書房）

「遠いところで」………『菅原克己詩集』（思潮社）
「生ましめんかな――原子爆弾秘話――」………『完全版・黒い卵』（人文書院）
「八月」………『続・中村稔詩集』（思潮社）
「どれほど苦い……」………『新川和江詩集』（思潮社）
「山芋」………寒川道夫編著『大関松三郎詩集・山芋』（講談社文庫）
「日課」………『会社の人事』（晶文社）
「豆」………『長い川のある國』（書肆山田）
「朝鮮童謡」………金素雲訳編『朝鮮童謡選』（岩波文庫）
「縁日幻想」………『天野忠詩集』（思潮社）
「（一一〇四番）」………『ディキンスン詩集』（思潮社）
「しぐれに寄する抒情」………『殉情詩集・我が一九二二年』（講談社文芸文庫）
「蝶を夢む」………三好達治選『萩原朔太郎詩集』（岩波文庫）
「保谷」………『田村隆一詩集』（思潮社）
「Jに」………『吉原幸子詩集』（思潮社）
「弟の日」………『伊藤整詩集』（新潮文庫）
「わらい」………『金子みすゞ童謡集』（ハルキ文庫）
「私の猫」………河盛好蔵編『三好達治詩集』（新潮文庫）
「夜のパリ」………『プレヴェール詩集』（河出書房）

「からからと鳴る日々」………『詩集サッちゃん』（講談社文庫）
「花であること」………『石原吉郎詩集』（思潮社）
「はだか」………『はだか』（筑摩書房）
「歳末閑居」………『井伏鱒二全詩集』（岩波文庫）
「紹介」………『続続・吉野弘詩集』（思潮社）
「雪の大山」………『井川博年詩集』（思潮社）
「ジーンズ」………『高橋順子詩集』（思潮社）
「ひなたぼっこ」………『のはらうたⅣ』（童話屋）
「稽古」………『広部英一詩集』（思潮社）
「微風」………三木卓・川口晴美編『風の詩集』（筑摩書房）
「早春」………『草野心平詩集』（思潮社）
「小さな靴」………『高田敏子詩集』（土曜美術社出版販売）
「未確認飛行物体」………野村喜和夫・城戸朱里編『戦後名詩選Ⅰ』（思潮社）
「春野」………『池井昌樹詩集』（思潮社）
「春」………伊藤信吉編『現代名詩選（上）』（新潮文庫）
「喜び」………三木卓編『高見順詩集』（彌生書房）
「桜」………串田孫一・田中清光編『花の詩集』（筑摩書房）

＊一部、著作権継承者の方にご連絡のとれなかった作品があります。お分かりの方がおられましたら、編集部までご連絡いただければ幸いです。

三木卓（みき・たく）
一九三五年東京生まれ。六七年、第一詩集『東京午前三時』（思潮社）でH氏賞、七〇年に『わがキディ・ランド』（思潮社）で高見順賞受賞。七三年には「鶸」で芥川賞を受賞。他の小説に、『馭者の秋』（平林たい子文学賞）『裸足と貝殻』（読売文学賞、ともに集英社文庫）など。児童文学や評論、翻訳などその活躍は多岐にわたっている。

柚木沙弥郎（ゆのき・さみろう）
一九二二年東京生まれ。染色作家の芹澤銈介に師事。布地への型染めのほか、染紙、壁紙、ポスター、カレンダー、絵はがきなど、多彩な制作活動をしてきた。著書に『柚木沙弥郎作品集』『宮沢賢治遠景』（ともに用美社）、絵本に『つきよのおんがくかい』『てんきよほう　かぞえうた』（ともに福音館書店）など。

詩の玉手箱

二〇〇八年四月二十日　第一刷発行
二〇二二年二月二十日　第三刷発行

編・解説……三木卓
絵……………柚木沙弥郎
発行者………首藤知哉　　発行所……株式会社いそっぷ社
〒一四六―〇〇八五　東京都大田区久が原五―五―九　電話　〇三（三七五四）八一一九
印刷…株式会社シナノ　装幀…羽島一希

ISBN978-4-900963-41-2 C0095
定価は函に表示してあります。